詩歌鑑

The Psy
Appreciai

吳思

孟樊

出版緣起

社會如同個人，個人的知識涵養如何，正可以表現出他有多少的「文化水平」（大陸用語）；同理，一個社會到底擁有多少「文化水平」，亦可以從它的組成分子的知識能力上窺知。眾所皆知，經濟蓬勃發展，物質生活改善，並不必然意味著這樣的社會在「文化水平」上也跟著成比例地水漲船高，以台灣社會目前在這方面的表現上來看，就是這種說法的最佳實例，正因為如此，才令有識之士憂心。

這便是我們——特別是站在一個出版者的立場——所要擔憂的問題：「經濟的富裕是否也使台灣人民的知識能力隨之提升了？」答案恐怕是不太樂觀的。正因為如此，像《文化手邊冊》這樣的叢書才值得出版，也應該受到重視。蓋一個社會的「文化水平」既

然可以從其成員的知識能力（廣而言之，還包括文藝
涵養）上測知，而決定社會成員的知識能力及文藝涵
養兩項至爲重要的因素，厥爲成員亦即民眾的閱讀習
慣以及出版（書報雜誌）的質與量，這兩項因素雖互
爲影響，但顯然後者實居主動的角色，換言之，一個
社會的出版事業發達與否，以及它在出版質量上的成
績如何，間接影響到它的「文化水平」的表現。

　　那麼我們要繼續追問的是：我們的出版業究竟繳
出了什麼樣的成績單？以圖書出版來講，我們到底出
版了哪些書？這個問題的答案恐怕如前一樣也不怎麼
樂觀。近年來的圖書出版業，受到市場的影響，逐利
風氣甚盛，出版量雖然年年爬升，但出版的品質卻令
人操心；有鑑於此，一些出版同業爲了改善出版圖書
的品質，進而提升國人的知識能力，近幾年內前後也
陸陸續續推出不少性屬「硬調」的理論叢書。

　　這些理論叢書的出現，配合國內日益改革與開放
的步調，的確令人一新耳目，亦有助於讀書風氣的改
善。然而，細察這些「硬調」書籍的出版與流傳，其
中存在著不少問題。首先，這些書絕大多數都屬「舶
來品」，不是從歐美「進口」，便是自日本飄洋過海而
來，換言之，這些書多半是西書的譯著。其次，這些

書亦多屬「大部頭」著作，雖是經典名著，長篇累牘，則難以卒睹。由於不是國人的著作的關係，便會產生下列三種狀況：其一，譯筆式的行文，讀來頗有不暢之感，增加瞭解上的難度；其二，書中闡述的內容，來自於不同的歷史與文化背景，如果國人對西方（日本）的背景知識不夠的話，也會使閱讀的困難度增加不少；其三，書的選題不盡然切合本地讀者的需要，自然也難以引起適度的關注。至於長篇累牘的「大部頭」著作，則嚇走了原本有心一讀的讀者，更不適合作為提升國人知識能力的敲門磚。

　　基於此故，始有《文化手邊冊》叢書出版之議，希望藉此叢書的出版，能提升國人的知識能力，並改善淺薄的讀書風氣，而其初衷即針對上述諸項缺失而發，一來這些書文字精簡扼要，每本約在六至七萬字之間，不對一般讀者形成龐大的閱讀壓力，期能以言簡意賅的寫作方式，提綱挈領地將一門知識、一種概念或某一現象（運動）介紹給國人，打開知識進階的大門；二來叢書的選題乃依據國人的需要而設計，切合本地讀者的胃口，也兼顧到中西不同背景的差異；三來這些書原則上均由本國學者專家親自執筆，可避免譯筆的詰屈聱牙，文字通曉流暢，可讀性高。更因

爲它以手冊型的小開本方式推出，便於攜帶，可當案
頭書讀，可當床頭書看，亦可隨手攜帶瀏覽。從另一
方面看，《文化手邊冊》可以視爲某類型的專業辭典或
百科全書式的分冊導讀。

　　我們不諱言這套集結國人心血結晶的叢書本身
所具備的使命感，企盼不管是有心還是無心的讀者，
都能來「一親她的芳澤」，進而藉此提升台灣社會的
「文化水平」。在經濟長足發展之餘，在生活條件改善
之餘，國民所得逐日上升之餘，能因國人「文化水平」
的提升，而洗雪洋人對我們「富裕的貧窮」及「貪婪
之島」之譏。無論如何，《文化手邊冊》是屬於你和我
的。

孟　樊

一九九三年二月於台北

序

在奧林匹斯山上的九位文藝女神中，最動人、最有魅力的是詩的繆斯。

在令人眼花撩亂的文學的星空中，最明亮、最璀璨奪目的是詩的星座。

詩的歷史最為古老，詩的生命卻永遠年輕。詩與青春有相通的含義。

今天，詩作為文學的靈魂，已滲入到各種文學形式之中，造成了散文和敘事文學的詩化。同時，詩的自身也在不斷地嬗變與更新，它的觸角進一步向人的內心深處延伸，正觸摸著現代人的心靈。

詩的世界是真的世界，是善的世界，是美的世界。詩是在愛的琴弦上彈奏出的生命之歌。當人們在詩的世界中徜徉的時候，或感到平和，或感到酣暢，或感

到躁動，或感到震驚……在迷離怡恍之中，被一種巨大的藝術魅力所征服，其心理乃至生理都會感到一種微妙的變化，得到一種無以代替的美感享受。《詩歌鑑賞心理》這本小冊子，就想對讀者鑑賞詩歌中的微妙心理變化做一粗略描述，進而使詩歌愛好者能夠對詩歌鑑賞規律有一定的把握，提高詩歌審美的自覺性。

吳　思　敬

目　錄

第一章
詩歌讀者的審美心理結構

　　鑑賞詩歌，常常會遇到這種情況：對同一首詩，人們的理解與評價迥然不同。褒之者一唱三歎，讚不絕口；貶之者閱不終篇，棄之而去。至於同為褒者或貶者，其褒貶的理由也往往是自出機杼、各不相同，正所謂「仁者見之謂之仁，智者見之謂之智」。於是，「詩無達詁」這句話也就流傳至今。面對同一首詩，不同讀者的觀感所以會有那樣大的差別，從根本上說，是由於讀者有各不相同的審美心理結構。

一、審美心理結構的功能

　　審美心理結構是人們在審美實踐中由多種心理

因素組合而成、直接影響審美效果的主體的功能結構。

　　審美心理結構是人類主體的文化—心理結構的一個重要組成部分，是人的遺傳、環境、生活經驗、文化素養、藝術觀念等方面因素的綜合體現，是人類精神文明的結晶，也是人類群體超越動物的明證。一切審美活動都要從現有的審美心理結構出發，都是審美心理結構功能的體現。

　　詩歌鑑賞，從現代認知心理學看來，是一種訊息的交流活動。如果把詩作看成是訊息的存貯器，那麼讀者就是訊息的接收器，而讀者的審美心理結構則構成了讀者這一接收器的核心部分。當一個人的審美心理結構與審美對象輸入的訊息相遇時，就決定了主體感知及理解的內容。

　　由詩作發出的訊息，只有與主體的審美心理結構相適應，才能被接收，被加工，否則就往往被忽略。比如讀梁小斌的〈中國，我的鑰匙丟了〉：

　　中國，我的鑰匙丟了。
　　那是十多年前，
　　我沿著紅色大街瘋狂地奔跑，
　　我跑到郊外的荒野上歡叫，

後來，

我的鑰匙丟了。

……

天，又開始下雨。

我的鑰匙啊，

你躺在哪裡？

我想風雨腐蝕了你，

你已經鏽跡斑斑了。

不，我不那樣認為，

我要頑強地尋找，

希望能把你重新找到。

……

　　這是一首運用象徵手法寫成的抒情詩。它所蘊含的訊息有表層與深層之分。只有具有相應的審美心理結構的讀者，才能透過詩人所描繪的意象，捕捉到詩作所蘊含的深層訊息。鑰匙在這裡不再是生活中實用的開鎖工具，而成了展示詩人情緒之流的符號。鑰匙的失落、尋找自然也不是生活的記實，而是暗示著詩人早年美好理想的失落和重新尋求的痛苦的心靈歷程。讀者只有意識到這一層，懂得鑰匙不再是一塊小

小的金屬物，而成為詩人本質的外化，才算接收了詩
作訊息的主要部分，也才算得了詩人的真意。反過來，
如果一個對現代詩和現代青年缺乏理解、審美心理結
構畸形發展、殘缺不全的人，他就只能停留在表層意
象上，認為詩人費那麼大力氣去尋一把舊鑰匙很不值
得，或者是對詩中的朦朧色彩感到氣悶，那麼詩作所
提供的大部分訊息就會失落，而接到的少量表層訊息
又被歪曲地加工，詩作就會遭到不應有的扭曲，這樣
的鑑賞就是失敗的了。

　　審美心理結構與審美對象輸入的訊息相遇，不僅
能決定主體感知理解的內容，而且能決定是否產生愉
悅的審美體驗，詩歌鑑賞中愉悅的審美體驗主要取決
於作為外來刺激的審美對象與主體的心理結構間能否
有某種程度的同形或同構。公元前六世紀末，希臘的
畢達哥拉斯派學者便已經看出了外物的秩序與人的內
心秩序相對應，才會產生美感。格式塔心理學派則認
為，外界事物與人的心理活動之所以能夠和諧，是由
於外界事物與人的內在心理模式之間，有一種結構相
同的力的作用模式。外在事物與人的內在心理，本質
是不同的，但力的作用模式卻可以有某種程度的一
致，這樣在主體與外物之間就可以產生共鳴，這就叫

作「異質同構」。正是在這種「異質同構」的作用下，人們才能在外部世界以及藝術作品中，直接感受到某種運動、某種生命力的勃發，才能觸發某種愉悅的情緒。畫家吳冠中在膠東海濱騎車去郊區寫生，不去畫藍海紅樓，偏偏在荒郊的一片尚未出芽的苗圃旁邊支開了畫架。原因就在於他在那光禿禿的、尚未生芽出葉的樹苗上感到了勃勃生機，感到了一股內在的向上的力在奔湧。畫家的內心與苗圃中的小樹苗是截然不同的兩種事物，但充滿一種向上的力卻是共同的，這就是一種「異質同構」。在藝術欣賞中，這種現象也普遍存在。京劇藝術大師梅蘭芳曾經請他的一位親戚，一位老太太，去看川劇「秋江」。他事後問她：「『秋江』好不好？」老太太說：「很好，就是看了有點頭暈。因為我有暈船的毛病，我看出了神，彷彿自己也坐在船上了，不知不覺地頭暈起來。」[1]老太太並沒有坐船，她只是在觀眾席上看陳妙常搭乘老艄公的船。但演員維妙維肖的表演產生的一種令人眩暈的力的作用模式，恰與老太太當年暈船形成的心理模式相類似，因而在老太太與「秋江」的戲曲表演中間也出現了「異質同構」的共鳴。詩歌欣賞中的「異質同構」現象，則是在想像中的客觀事物與讀者的心靈世界中進行

的：

> 好！黃山松，我大聲為你叫好，
>
> 誰有你挺的硬，扎的穩，站的高……
>
> 　　　　　　　　　　（張萬舒，〈黃山松〉）

讀者接觸到這鏗鏘有力的詩句，腦海中就會浮現出黃山青松的形象。這青松屹立於山巔，根鬚擁抱著山岩，枝幹昂指著青天，在它的身上充滿了一種旺盛的生命之力。如果讀者的內心也有一種不懼困難、昂揚向上的精神，那麼由於「異質同構」的原因，就很自然地會與這樣的詩發生共鳴。

二、審美心理結構的要素

　　審美心理結構是由多種心理因素在審美實踐中逐步形成的一個多側面、多層次、多形態、多變化的有機的複合體。構成審美心理結構的心理因素按照類別，又可區分為深層心理因素、認識因素、意向因素。

(一)深層心理因素

德國心理學家費希納曾打過一個比方：心理類似於冰山，它的相當大的一部分藏在水面以下，在這裡有一些觀察不到的力量對它發生作用。瑞士精神分析學家榮格則認爲：精神的意識方面猶如一個島的可見部分，大部分未知部分還在水面上可見的那一小部分的底層。榮格把這神秘的隱藏著的底層稱爲無意識。

無意識就是未被意識到的心理活動。現代心理學認爲無意識與意識並非如水火不相容，而是互相滲透、互相聯繫、互相轉化的。作爲一種特殊的心理反映形式，無意識具有不自覺性、零散性、不可描述性，因此難於直接捕捉；但無意識又具有豐富性、活潑性以及能動性：人們做夢，希望夢見的親人、故園等往往不能入夢，而不想夢見的惡鬼、猛獸等卻偏偏不招自來。人們的口誤、筆誤、動作失誤，也往往是無意識的突然湧現。無意識無論是對詩的創作還是鑑賞全有重要影響。無意識領域像個無邊的地下海，不僅時時刻刻在提供著詩的材料，而且往往以其奇妙的不可思議的組合，給詩人以創造性的啓示。在鑑賞過程中也常有這樣的情況：讀者拿到一首詩，百思不得其解，

於是把它暫時放到一邊，這其實是在無意識領域中醞
釀；一旦醞釀成熟，在某種外在條件的觸發之下，對
它的理解會忽然在意識中湧現出來，進而使人恍然大
悟。

我們這裡所談的審美心理結構的深層因素，主要
就是指的無意識。這種無意識按照榮格的說法，又可
以分為兩個層次：

一層是個人無意識，是屬於個體的。它是由一切
衝動和願望、模糊的知覺以及無數其他經驗組成的。
這些知覺和經驗不是被壓抑起來，就是被忘記了。來
自個人無意識的偶然事件較易被喚回到覺醒的意識
中，表明個人無意識並不是無意識的很深層次。

再一層是集體無意識，它包含著連遠祖在內的過
去所有各個世代所累積起來的那些經驗的影響。這是
無意識的最深層次，是個體所不知道的。在集體無意
識中蘊藏著強大的力量，對人類精神發展起著最大的
作用[2]。

上述的無意識，無論是建築在個人經驗基礎上的
個人無意識，還是由祖先世世代代所遺傳下來的集體
無意識，組成了人類整個文化—心理結構的深層部
分，自然也成為人類審美心理結構的深層部分。

　　只有對審美心理結構的深層部分有了一定的理解，我們才能不僅僅看到審美活動瞬間的知覺、思維、想像、情緒等認知與意向活動，而且能意識到這瞬間的審美感受更是以人類幾千年的審美實踐和個人有生以來的審美活動為基礎的。滲透在每個鑑賞主體身上的民族欣賞習慣，就正是在這一民族世世代代的審美實踐中積澱而成的。正如美學家李澤厚在《美的歷程》的結語中指出的：「凝凍在上述種種古典作品中的中國民族的審美趣味、藝術風格，為什麼仍然與今天人們的感受愛好相吻合呢？為什麼會使我們有那麼多的親切感呢？是不是積澱在體現在這些作品中的情理結構，與今天中國人的心理結構有相呼應的同構關係和影響？人類的心理結構是否正是一種歷史積澱的產物呢？」[3]一般說來，每個民族的人都有相近似的審美心理結構，這是在共同地域中活動、使用共同語言、有著共同的經濟生活與文化生活的民族成員，在一代又一代的審美活動中不斷積澱的結果。不同的深層心理結構決定了中華民族與西方民族不同的欣賞習慣：中國戲曲重虛擬、重程序、重傳神，西方戲劇重模仿、重再現、重時間地點情節的完整一致；中國畫重寫意、重線條、重散點透視，西洋畫重寫實、重塊面、重焦

點透視；中國小說重白描、重在語言行動中展現人物性格，西方小說重心理的展示，善於對人物的內心世界做深刻的解剖。中國與西方對詩歌的欣賞亦是如此，中國與西方的讀者由於身上積澱著不同的民族文化—心理結構，對詩的欣賞習慣也很不一樣。西方人很難透過翻譯體了解我國律詩的對仗、平仄等等；反過來，「五四」以來我國有些詩人直接由西詩引進「輕重律」、「重輕律」、「抱韻」、「交韻」等等，也很難被中國廣大讀者所接受。這還僅僅是從形式上談，至於中西讀者由於文化背景不同而在欣賞中體現出不同的自然觀、倫理觀、道德觀等等，就更為明顯了。

　　審美深層心理因素的存在，要求我們對詩的鑑賞不要停留在表層，還要進一步探尋到無意識世界的深處：一方面可以透過對集體無意識的追尋，從民族文化—心理的角度，去理解詩歌的審美特徵，挖掘詩歌的哲理心理內涵；另一方面還可以充分調動主體的個人無意識，對一時難於接受的東西先不忙著下結論，可以先放一下，讓它在無意識中去消化、去沉澱。正如創作中的非自覺性我們很難用邏輯推理予以解釋一樣，鑑賞中的各有會心，「可意會不可言傳」，也只有在深層的無意識心理中才能找到答案。

(二)認識因素

詩歌的欣賞，是一種審美的認識活動。與此相應，審美心理結構便包含知覺、理解、想像等認識因素。

■ 知覺

知覺是人腦對直接作用於它的客觀事物的整體反應。知覺是人們認識的門戶，滲透於人們的各項實踐活動之中。在審美活動中的知覺，通常稱審美知覺。

審美知覺與日常的普通知覺既有聯繫又有區別。說它們有聯繫，是由於它們都要依賴於客觀事物的存在、依賴於感覺器官的聯合活動，在大腦皮層中也有著相似的聯繫……因此從生理上和一般心理過程上很難把審美知覺與普通知覺截然分開。但審美知覺與日常的普通知覺又確實有所不同。不看到這一點，就很難把握審美活動的獨特性，會在審美中發生偏差。英國文學評論家和詩人理查茲在他的早期著作《文學批評原理》中提出：實際上在我們看一幅畫、讀一首詩、聽一段樂曲的時候，和我們早晨起來到陽台上去或穿衣服等活動，是沒有什麼根本區別的。這種把審美活動與日常的實用活動混為一談的觀點，是我們

所不能同意的。

　　審美知覺與普通知覺的根本不同，在於它對實用性和占有欲的排除。面對一棵高大筆挺的白楊樹，如果僅僅著眼於它可以讓我乘涼、避雨，估量它的樹幹有多高、徑圍有多粗，伐倒後可以出多少木材，這是一種實用的知覺，它與美是無緣的。但如詩人流沙河眼中的白楊：

　　　　她，一柄綠光閃閃的長劍，孤零零地立在平原，
　　　　高指藍天。也許，一場暴風雨會把她連根拔去。
　　　　但，縱然死了吧，她的腰也不肯向誰彎一彎！

這裡完全排除了實用性和占有欲，不是把白楊與某種功利目的聯繫在一起，而是把它與自己在特定時代與特定文化背景下形成的內在情感模式聯繫在一起，進而在白楊的實用的物質屬性之外，發現了與人相通的內在精神的美。這就使審美知覺不僅同動物的知覺有質的區別，而且與人的日常普通知覺也有了鮮明的分野。這正是人在審美過程中對自己的動物性和他的凡俗性的一次超越。可見審美知覺不是客觀事物的簡單映現，它與實用的目的與占有的欲望絕緣，而只服從於主體內在經驗模式與外界訊息發生同構與感應之後

產生的情緒性體驗。

造型藝術、音樂、表演藝術和綜合藝術都是直接訴諸人的感官的。欣賞這類藝術，其審美知覺主要來自於感覺器官對外界刺激的直接反映。

對詩歌的審美知覺，情況則複雜一些。

一方面，對詩歌的知覺同樣可以來自於對聽覺或視覺器官的直接刺激。

詩歌透過朗誦，可以直接給人或疾或徐、或低或昂、或強或弱的節奏變化以及鏗鏘的音韻的刺激，這種刺激被聽覺分析器接收後可以轉化爲音樂美。在某種情況下，詩的語言含義倒退爲其次，如兒童之習誦古詩。又如蘇聯詩人葉夫圖申科一九八五年訪華，曾在北京國際俱樂部用俄語向中國聽眾朗誦他的多首詩歌。在座的許多聽眾不懂俄語，但葉夫圖申科朗誦時那充沛的激情、迷人的語調和抑揚頓挫的聲音，使這些不懂俄語的人也受到了極大感染。詩人的朗誦使他的詩越過語言的隔閡，飛入了普通中國聽眾的心中。在這種情況下，對詩歌的知覺主要依賴於聽知覺。

再如詩歌的分行，或整齊，或參差，或密集，或疏朗，不依賴意義，本身就可以給人或工整嚴謹，或自由奔放的感受。至於讀法國詩人阿波里奈爾所首創

的立體詩，就更不能離開視覺的直接感知了。阿波里
奈爾別出心裁地將詩句排成相應的畫面，像他的圖畫
詩〈被刺殺的和平鴿〉，第一段便呈現一把匕首插在鴿
子的脖子上的畫面，第二段是由排成曲線的十四行詩
句組成的，表示鴿子被刺後落水時濺起的一簇水花。
其中好幾行詩的首或尾都用了 O、D、C 等圓形的大
寫字母，這些圓形字母既可以看作是水花末端的水
珠，又可以看成是戰爭受害者的淚珠。第三段「畫」
的是水面，用六行詩句和一個感嘆詞「啊」（O），組
成了兩個水圈，使讀者彷彿看到了和平鴿落水後揚起
的水波。我國青年詩人亦有寫這種圖畫詩的。如韓非子
的兩首詩，一首排列成一座山形，一首排列成一把傘形：

山下斷想

一

塊　磚

即　使　立　在

山　　巔　　上

也　沒　人　說　它　是

摩　　天　　大　　樓

四月的構思

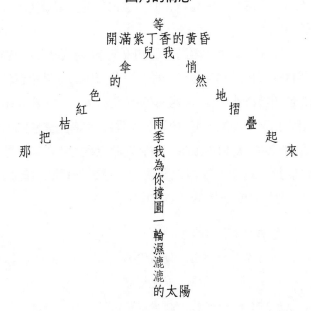

　　像這種「立體詩」或「圖畫詩」，強調訴諸讀者的視覺；並引導讀者由視覺向思維過渡，作為詩人的嘗試也不無可取之處。但這類詩局限性亦很大，它的「圖畫」或「圖案」往往是一種膚淺的圖解，特別是當詩歌要表現複雜和豐富的心靈世界，富有多種含義時，它就無能為力了。有些詩人不是生硬地去模仿這種詩，而是借鑑這類詩的靈活而多變的建行方式，使

自己的詩作不僅富於深層內涵，而且在排列上也能給人以鮮明的刺激。鑑賞它們自然也不能脫離視覺的直接感知。

　　但另一方面，對詩歌的知覺又不限於聽覺或視覺器官的直接感知。作為一種語言藝術，詩提供給讀者的是語言符號。語言符號反映到讀者頭腦中，會喚起讀者相應的表象，進而形成一幅融有讀者過去感知內容的畫面。從根本上說，讀者對於詩歌的審美知覺是借助於再造想像才得以實現的，這是一種間接的感知。比如讀徐志摩的〈滬杭車中〉：

匆匆匆！催催催！
一卷煙，一片山，幾點雲影，
一道水，一條橋，一支櫓聲，
一林松，一叢竹，紅葉紛紛：

艷色的田野，艷色的秋景，
夢境似的分明，模糊，消隱……

　　這幾行詩是寫詩人在滬杭線火車上憑窗眺望所見到的景象。今天的讀者當然不可能同詩人同乘火車，不可能有對這些景象的直接感知了。但是當詩人

所提供的語言符號投射到讀者頭腦中以後，讀者會以
自己在滬杭線，抑或在滬寧線、京廣線、津浦線……
乘車所見景物的形象爲原始素材，依據詩人的描寫，
形成一連串色彩繽紛、飛速運動著的形象。這便是一
種間接的感知。要欣賞詩歌就必須學會這種根據語言
符號形成鮮明的知覺形象的本領。

■ 理解

　　日本美學家今道友信一九七六年在第八屆國際
美學會議的公開講演中，曾引用過席勒的詩句：

　　嚴肅啊！人生。明朗啊！藝術。

他在席勒詩句的後邊又加了一行：

　　幸福啊！思維。

　　今道友信爲什麼要加上這一句呢？因爲在他看
來，「爲了能夠沐浴於光芒之中，藝術必須通過思維的
解釋，由思維帶到光芒之中去。」[4]
　　爲了沐浴於美的光芒之中，詩的鑑賞也要「透過
思維的解釋」，這就是通常所説的理解。
　　讀者透過想像而感知詩歌，從情感上去擁抱詩

歌，但這還不夠，他還要求理解，他希望得到精神上的啓示，他希望把握自己和審美客體之間的整個關係：審美客體有哪些最引起自己注意的特徵？是怎樣對自己發生影響的？爲什麼是以這樣一種特定的方式而不是以別的方式發生影響？即使這首詩是自己所不欣賞的，他也要弄清，在自己與詩歌之間究竟有哪些地方不能相融洽？

　　理解在鑑賞活動中占有特殊的地位。它是形象感知後的昇華，是情感爆發後的冷靜思考。透過理解，欣賞中的形象知覺和情感體驗才能沉澱下來，才能細細地品出詩的意味，這樣鑑賞活動才能由感性到理性、由不自覺到自覺，產生新的飛躍，審美心理能力才會有明顯的提高。

　　理解是多層次的。就詩歌鑑賞說，可以大致區別爲前提性理解、表層理解、深層理解。

　　前提性理解是表層理解與深層理解的前提。它雖未具體的深入作品，卻爲正確的理解作品創造了條件，掃清了道路。這種前提性理解又包括：

　　第一，對詩歌掌握世界特殊方式的理解。即要欣賞詩，必須要知道詩是怎麼回事。對詩的理解僅僅停留在分行、押韻、圖解某一概念的人，說實話是不足

與言詩的。要把握詩的本質，其中最根本的是要明確詩歌遵循的是主體性原則，側重於揭示創作主體的心靈世界。詩歌儘管也可有對主體以外的客觀世界的如實描寫，但客觀現實在詩歌中不再是獨立的客體，而是滲透著、浸染著詩人的個性特徵，成為詩人主觀情思的對應物了。

第二，對讀者自身處於非實用狀態的理解。用李澤厚的話說，就是讀者「必須有欣賞的自我意識」。詩不是新聞報導，不能把詩與現實生活混淆起來，不能要求詩去承擔它所不能勝任的事。我們讀詩，只要能把握住詩人所要表現的主觀情思、理解了詩歌的深層的象徵含義就夠了，至於詩人字面上所寫的東西是否在生活中一一存在，那是無關緊要的。要求詩歌的每句話都毫髮不爽地再現現實，甚至到詩中去對號入座，那就取消了詩。

第三，對詩作背景材料的理解。欣賞詩歌應以作品為基礎，並把主要功夫下在對作品自身的開掘上，這是毫無疑義的。但必要的背景材料也絕不能忽略。西方的「新批評派」及在其影響下發展起來的「文本批評學派」，過分強調文學作品的「獨立性」，認為作品是文學的唯一實體，一切背景材料都是多餘的。他

們割斷文學與歷史、文學與社會的一切聯繫，單純從
符號學、語義學的角度，對作品的語言、結構、意向
等做形式主義和唯美主義的研究。實踐證明，這是一
條鑽牛角尖的路。到一九六○年代，這些學派在西方
也已式微。「新批評派」和「文本批評學派」重視「文
本」的作法可以借鑑，但他們忽略背景的絕對化的主
張必須拋棄。關於詩作背景材料的掌握，對專家與一
般讀者有不同要求。對一般讀者來說，能對詩人的身
世、思想、創作道路、藝術觀念有一定的把握，並對
這首詩寫作的歷史、社會背景以及寫作的起因、經過
有一定的瞭解，也就夠了。

　　表層理解即通常說的對詩歌的字面理解。讀者要
能夠正確地接收詩作的語言訊息，包括理解詩歌的詞
語、典故以及起興、比喻、擬人等諸種修辭手段，也
包括對詩人特殊的表現手法的把握。對語言的理解雖
屬於淺層理解，卻絕不是可有可無的，它是深層理解
的基礎。如果連詩的字面都沒弄懂，卻去侈談什麼象
徵含義，那就如同癡人說夢了。

　　深層理解主要是指對詩歌的象徵含義和特殊意
味的理解。詩是詩人所精心創造的主體精神世界的象
徵圖像。詩歌創造是最高的象徵活動，這種創造使詩

人的內在精神世界外化為相應的作品，獨立於現實和日常意識之外，而自成一個乾坤。鑑賞的最終目的，不是對華美詞藻的流連，不是對輕音樂一般的韻律的陶醉，也不是某種知識的獲得，而是對詩人提供的象徵密碼的破譯，對詩歌象徵含義的捕捉，對這一象徵世界中所蘊含的特殊意味的品味。這樣，讀者就可能從詩中發現自我，也發現一個新的世界。

還應指出，詩的理解不同於科學論文的理解，也不同於一般實用文體的理解。它不是單一的認識過程，也不是靠嚴格的邏輯推理完成的。詩的理解是溶化在其他心理因素中的理解，具體說來有如下幾個特色：

第一，情感性。詩的審美不僅是認識活動，同時也是情感活動，最終要體現為一種情感的感受狀態。詩的理解是與這種情感活動交織在一起的，有時候這種理解本身也就化作一道情感的熱流。這種情感性的理解往往帶有相當的直覺性，很難條分縷析地說出一篇大道理，只是一種「悟」的狀態而已，這也就是通常所說的「可意會不可言傳」。

第二，具象性。詩的理解既是對感知的超越，但又沒有完全離開感知；既趨向於昇華為概念，但又往往沒有確定的概念。在理解的過程中，頭腦裡不斷浮

現出相關的表象。因此，詩的理解不是單純的邏輯思維的過程，而是邏輯思維、形象思維以及靈感思維的交融。

第三，多義性。在鑑賞過程中，讀者從一首詩所獲得的想像性經驗，所體會的詩的意味，不可能與詩人所要表現的經驗，所要傳達的意味完全相同。一般說來，讀者只是部分地理解了詩人的意思，有時甚至可能與詩人的原意完全相反，這就叫「作者未必然，讀者未必不然」。再從詩作看，凡優秀詩歌都非一眼見底的淺薄之作，而是有多重含義可以追尋，其微妙之處正在可解與不可解、可喻與不可喻之間，絕不是用一兩個概念或判斷所能窮盡的。此外，由於鑑賞主體的生活經驗、文化素養、藝術觀念、性格特徵以及審美心境的不同，也會直接或間接地反映到審美理解上，使不同主體對同一首詩的理解，也會呈現眾說紛紜的、自由而多樣的局面。

■ 想像

詩的宇宙是廣闊的。借助於詩，我們不僅可以認識世界，更可以探測人的心靈。比如讀楊榴紅的〈白沙島〉：

　那是白沙島白沙島你去過嗎

　看那閃閃的白沙閃閃地明亮

　是珠貝的搖籃

　是星星的憩園

　是珊瑚的夢鄉

　太陽的夢是紅的月亮的夢是白的

　太陽神秘地炫耀美麗月亮真誠地袒露美麗

　月亮的鏡子是白沙島白沙島的鏡子是太陽

　……

我們頭腦中會相應地浮起那白沙島上美麗、神奇的景象。當我們也在這神奇、瑰麗的世界中盡情遨遊的時候，我們才發現，白沙島不僅是自然界中一個美麗的小島，而是詩人心靈世界的一個象徵的圖像。於是，我們的情致和詩人的詩思又融合在一起了。我們和她一起分享著痛苦和快樂，分享著追求美的心靈的自由感。

　　欣賞〈白沙島〉的心靈的這一歷程，簡單說來可以叫作審美想像。

　　想像，從心理學角度談，就是在頭腦中已有表象

的基礎上進行加工改組而建立新形象的過程。

　　想像的原始材料是表象。所謂表象，就是客觀事物在人的頭腦中留下的印象。當人們直接或間接地感知某種外在事物後，這種事物的形象會作為「內在圖示」貯存在人的頭腦中，以後在一定條件下，它還會重新浮現，並在情感、認識等心理因素的作用下進行新的組合。因此想像也就可以看成是表象的運動過程。

　　那種沒有特殊目的、不自覺的想像叫作無意想像。它的最大特點是不受意識控制而聽任無意識的支配，表現為表象運動的隨意性和自覺性。無意想像雖然「無意」，但並非毫無價值，在詩歌創作中往往會促成靈感的爆發，在詩歌欣賞中也往往會造成「百思不得其解」之後的頓悟。

　　那種帶有一定目的性和自覺性的想像叫作有意想像。有意想像包括再造想像和創造想像。根據別人關於某一對象的語言描述或圖樣、圖解，在頭腦中形成該事物的形象，叫再造想像；不以別人現成的描述為依據，在頭腦中獨立地創造出全新的形象，叫創造想像。

　　詩歌鑑賞中的想像是由詩歌作品的語言訊息引起的，並在詩作所提供的意象的基礎上進行的，因此

這是一種以再造想像爲主體的想像活動。但由於這種
想像並不是對原作的簡單圖解和複製，讀者完全可以
根據自己的生活經驗、興趣愛好、審美觀念適當地予
以補充和發揮，因而又包含一定的創造想像的成分。
比如讀朱湘的〈彈三弦的瞎子〉：

> 　城市寂寥的初夜，
> 他的三弦響過街中。
> 是一種低抑的音調，
> 疲倦的申訴著微衷。

> 　路燈黃色的光下，
> 有幻異的長影前橫；
> 說不定他未覺到罷，
> 也說不定眼前一明。

> 　寒氣無聲的湧來，
> 圍起他單薄的衣裳，
> 他趁著心血尚微溫，
> 彈出了顫鳴的聲浪。

> 　三弦抖動而鳴咽，
> 哀鳴出遊子的心胸。

　　無人見的暗裡飄來，

　　無人見的飄入暗中。

　　顯然，詩中那位彈三弦的盲人的形象不是直接訴
諸讀者的視覺的，那三弦的嗚咽、低抑的聲響也不是
直接訴諸讀者的聽覺。詩人提供給讀者的只是語言符
號，只有透過讀者的想像，才能在頭腦中轉化爲活生
生的形象。這表明詩歌鑑賞中的想像要受詩歌的基本
內容制約。很明顯，讀了這首詩，頭腦中喚起的形象
只能是位盲人，而不可能是身強體壯的大力士。當然
這種想像又不僅僅受原作的制約，同時也要受讀者的
主觀因素的影響。因爲作爲想像的原始材料的表象，
是讀者在生活中感知形形色色的客觀事物的過程中形
成的，有什麼樣的生活經驗，就會有什麼樣的表象貯
存。另外，表象的運動與組合方式又往往受到個人文
化素養、藝術觀念、性格特徵、鑑賞心境等因素的影
響。這樣，不同的讀者讀〈彈三弦的瞎子〉，頭腦中喚
起的形象又會同中有異，有著相當大的隨意性。如果
每位讀者都有相當水平的繪畫能力的話，那麼請他們
畫出自己心目中的盲人，那必然是神態各異，絕不會
有一個相同。

　　詩歌鑑賞中的想像又是與情感滲透在一起的。如果說詩作提供的形象是想像的依據，那麼讀者的情感則是想像的動力。想像的主要目的之一是情感的滿足。一位真正和詩人有所會心的讀者，他在讀詩的時候，往往把自己擺在抒情主人公的位置上，沉入詩的意境，如醉如癡。詩人張志民在讀了青年詩人蘇歷銘、楊榴紅的合集《白沙島》後，發出了這樣的奇想：

　　讀著兩位年輕人的詩作，我自己，似乎也忽然年輕了！他們牽著我的手！不！彷彿是拍了拍我的肩頭，不是稱我「伯伯」，而是把我作為他們的同伴，拎過那來不及繫好帶子的旅行包，說聲：「走！咱們到白沙島去！」
　　「走！」已經花白的兩鬢，好像沒有提醒我年齡上的差異，一顆還不甘褪色的心，既沒有失去與他們做一次同遊的興致，也沒有拒絕他們邀請的理由，我們欣然同往了！

　　透過這深情的自述，我們不難看出，老詩人張志民作為讀者，在對青年人的火一般的激情推動下，在想像中追蹤青年人的思維歷程。的確是這樣，當讀者的情緒、心境與作品完全合拍的時候，當他以自己的

全部熱情去擁抱和感應作品的時候，他的審美想像就
會升騰起來。那跳躍的畫面在他眼前變得完整了，那
很難為一般人覺察的微妙的暗示在他心中變得鮮明
了，那些在可感的畫面後面滲透的無形的情思也變得
具體而明晰了。在情感的推動下，想像變成了指揮手
中魔力無窮的短棒，在讀者心中撥動了鏗鏘有力的和
弦。

(三)意向因素

　　詩歌讀者的審美心理結構，除去認識因素外，還
包括某些非認識因素，這就是情感、動機、興趣等意
向因素。

■ 情感

　　情感是人們對客觀事物是否符合自己需要的一
種態度的體驗。情感過程是人對客觀現實與人的需要
之間的關係的反映。當人們從外部事物獲得了輸入訊
息之後，就會用潛在的需要來衡量它。如能滿足自己
需要的，就會產生愉快、喜愛的情緒體驗；如不能符
合自己需要的，就會產生煩惱、厭惡的情緒體驗。

　　在審美活動中，主體首先要透過對藝術作品的知

覺來獲得訊息。輸入訊息與主體內在的需要相遇，便自然地產生情感。梁啟超在〈小說與群治之關係〉中，曾把文學所能引起的讀者的情感歸結為「浸」和「刺」二字：「浸也者，入而與之俱化者也。人之讀一小說也，往往既終卷後數日或數旬而終不能釋然，讀《紅樓》竟者，必有餘戀有餘悲，讀《水滸》竟者，必有餘快有餘怒，何也？浸之力使然也。」「刺也者，刺激之義也……刺也者，能入於一剎那頃，忽起異感而不能自制者也。我本藹然和也，乃讀林沖雪天三限，武松飛雲浦一厄，何以忽然髮指？我本愉然樂也，乃讀晴雯出大觀園，黛玉死瀟湘館，何以忽然淚流？我本肅然莊也，乃讀實甫之《琴心》、《酬簡》，東塘之《眠香》、《訪翠》，何以忽然情動？若是者，皆所謂刺激也。」[5]在這裡，梁啟超談了文學作品所能喚起讀者的兩種情感反映。「浸」是指在不知不覺間引起讀者的情感變化，「刺」則是指在剎那間引起讀者迅速的情感變化。梁啟超所談的閱讀小說的情感反映，在詩歌欣賞中也一樣存在。詩人高蘭在一九四二年寫過一首〈哭亡女蘇菲〉，用浸透著血淚的語言抒發了對女兒的懷念，並以此展示了抗日戰爭時期廣大流亡者的悲慘命運。這首詩曾被多次朗誦，每次朗誦都激起了聽眾強烈的情

感波濤。高蘭自己也曾被多次約請朗誦〈哭亡女蘇菲〉。他回憶道:「那次我應中央大學學生公社之請,在報告詩歌創作漫談之後,當場對群眾朗誦。朗誦中許多人為之泣下,有的竟痛哭失聲。朗誦完之後,許多同學圍著我問這問那,不肯離去。那種群情悲憤的情景使我至今難以忘懷……一九四六年即抗戰勝利後的第一年,五月五日的晚上,在北平師範大學的風雨操場上,我向全校同學朗誦這首詩。朗誦了還不到一半,特務故意搗亂,熄滅了電燈,企圖使我中止朗誦。同學們抑制不住悲憤的感情,兩位同學高擎明燭,在燭光照耀下,我終於朗誦到底。解放以後,我曾在濟南遇到李士釗先生。他是一位愛國人士,戰時曾被關押在重慶五雲山集中營。他對我說:一九四二年冬,在集中營裡我們看不到報章雜誌,有一位地下黨員廣安人趙國柱對〈哭亡女蘇菲〉一詩能背誦如流,他常向大家朗誦,使難友的悲憤之情達到高潮。」[6]

　　有無強烈的情感體驗,是欣賞詩歌與閱讀科學著作的一個最明顯的區別。一個嚴肅的科學工作者不會允許用個人情緒的好惡去影響對客觀事物的認識,在閱讀科學著作的過程中,占優勢地位的只能是認識活動而不是情感活動。而詩歌的欣賞則不然。詩歌欣賞

是一種審美活動，詩歌的審美價值只有主體積極地介入以後才能確立，因此詩歌的審美過程必然滲透著強烈的情感內容，詩的欣賞是認識過程與情感過程的統一。在審美心理結構的諸種心理因素中，情感因素在審美過程中占有突出地位。在鑑賞過程中，情感因素與知覺、理解、想像等因素交織在一起，透過對後者的滲透與調節，才能產生綜合的美感效應。

　　審美情感的產生，來自於外在的審美客體與內在的審美心理結構的碰撞。

　　從外在條件說，必須有大量能穿透人的情感訊息的輸入。凡優秀詩篇必充溢著強烈的激情，我們彷彿能看出詩人由於愛的狂熱而激動得發抖，一種不可遏抑的衝動在內心奔湧，他像啼血的杜鵑一樣高唱，不是用筆，而是用心血滴成了他的詩篇。這樣的作品才能給讀者以強烈的感情衝擊，使讀者不是僅停留在一般感知上，而也要激動得發狂，恨不得在閱讀時也把自己的心血滴進幾滴去才好。

　　從內在條件說，讀者亦應當有相當的感情積累，在心理結構中具有與詩作相應的「情感圖示」，這樣在欣賞中才易迸發審美情感，產生一種心靈的淨化與情緒的宣泄的愉快。如果讀者的情感積累很貧乏，「情感

圖式」與作品很不適宜，那就很難喚起愉悅的情感體
驗，鑑賞就會產生阻隔。我們經常可以看到讀者與詩
歌作品之間出現理解障礙，並不在於詩歌語言的過於
深奧或創作手法的過於奇特，而首先是由於情感的不
能相通。一九八〇年前後，我國的一些青年詩人崛起
於詩壇。當北島面對世界大聲宣稱：「告訴你吧，世界
／我──不──相──信！」（〈回答〉）當舒婷面向
大海吐出自己的心聲：「從海岸到巉岩，／多麼寂寞我
的影，／從黃昏到夜闌，／多麼驕傲我的心。」（〈致
大海〉）當顧城站在嘉陵江邊上寫出：「戴孝的帆船，
／緩緩走過，／展開了暗黃的屍布。」（〈結束〉）……
他們都遭到了某些批評家的激烈批評。這些批評不是
由於「看不懂」，而主要是由於他們與身經十年浩劫、
心靈曾被扭曲的一代青年人情感不能溝通。江河的〈星
星變奏曲〉中有幾行詩，很真誠地傳達了他們這一代
青年詩人的共同想法：

> 如果大地的每個角落都充滿了光明
> 誰還需要星星，誰還會
> 在寒冷中寂寞地燃燒
> 尋求星星點點的希望

　　誰願意

　　一年又一年

　　總寫苦難的詩

　　每一首都是一群顫抖的星星

　　像冰雪覆蓋在心頭

　　如果我們真正理解這一代青年詩人，理解他們在十年浩劫中扭曲了的心靈，從情感上與他們溝通起來，那麼就容易和他們產生共鳴了。歸根結底，詩的欣賞是詩人與讀者心靈的碰撞，情感的交融。詩人的熾烈感情透過一行行詩句，透過一組組意象顯示出來。讀者接受詩歌也首先是一種情感的穿透，讀者內心情感的溪流與詩作中蘊含的詩人情感的大海匯聚在一起，激盪著讀者的心胸，並使他的靈魂得到淨化和洗滌。

■ 興趣

　　老詩人臧克家曾回憶過他少年時代與人談詩的無窮興味：

　　　　另外一個談詩的地方，便是同我父親結詩緣的那
　　　　位叔叔——雙清居士。他對中國的舊詩既博又

　　熟，特別對於杜詩，有著湛深的功夫和獨到的見
　　識。他自己的詩力也很雄健。他的年齡和頭腦都
　　不比我們老多少，所以，我們不但談得來，而且
　　還能談出點味兒來。他窮，窮得冬天炕上鋪不上
　　一床褥子……太太的喉嚨是一口永不停息的風
　　箱，特別到了冬天，咳得腰弓起來像一個蝦米。
　　在這樣的情況下，他手把一卷杜詩，有時也許是
　　新詩，把精神從眼前的地獄超升到詩的天國裡
　　去……半杯茶入肚，話就慢慢的多了。話，句句
　　不離詩。從杜甫談到李白，從舊詩談到新詩，從
　　別人的詩談到自己的詩。他很健談，語言嘹亮又
　　多風味。一時大家都忘了人間的愁苦，像置身在
　　一個極樂的世界。我們狂吟他的「三杯入我腸，
　　故態芒角露」和「背廓樹色留殘照，平楚秋痕入
　　野燒」的句子。他也朗誦我們的新作。[7]

在極度匱乏的物質條件下，對詩卻有著那樣濃烈的興
趣，這情景是動人的，也很能反映出興趣在詩歌審美
主體的心理結構中所占的突出地位。

　　所謂興趣，就是力求認識與探究某種事物與肯定
的情緒狀態相聯繫的意識傾向。

　　興趣又可分爲直接興趣與間接興趣。直接興趣由
事物或活動自身引起，主體往往在無意中表現出來。
間接興趣則不是由某種事物或活動過程本身的激發而
產生，而是由活動的最終目的或結果而引起。讀者鑑
賞詩歌時，這兩種興趣兼而有之：打開一本詩集，情
不自禁地被美妙的意象、深邃的思想、純淨的語言所
吸引，廢寢忘食，愛不釋手，這是直接興趣。面對某
些詩歌，也可能感到深奧難懂或古怪離奇，但由於想
到這是素有定評的名家名篇，我非要弄清它好在哪
裡；或者是抱有一種研究的態度，不管好壞，都要對
之做一科學的評定，這樣也會間接地對它發生興趣。

　　興趣對活動的影響大極了。英國音樂心理學家柏
西・布克舉過這樣的例子：「試著想像一下，有一個世
界上最貪饞的男孩，他認爲兩頓飯之間的間際只不過
是一長串的煩悶無聊；假如一旦他真的對解決十字字
謎的最後線索感興趣，或者是要在七巧板上找出那麼
一個奇形怪狀的洞的話，那麼你再怎麼打鈴催他吃飯
也是白費。」[8]柏西・布克還向讀者贈送了一條格言：
「任何一個傻瓜都能做他感興趣的事，儘管不是用頭
等的方式去做。」[9]興趣對詩歌鑑賞的影響也同樣不
可低估。一方面，興趣能夠促使讀者保持審美注意，

進而細緻地閱讀本文，喚起相應的知覺表象，並進一步展開審美想像；另一方面，興趣有助於讀者克服閱讀障礙。現代詩歌富於多義性、暗示性、象徵性、跳躍性，許多優秀詩作的深刻內涵不是粗略地一瞥就能捕捉到的，需要細細的思考與探究才行。興趣則爲孜孜不倦的探究者注入了永不枯竭的動力，有如一道哪怕再複雜的方程式，他也非要找到它的解不可，而且樂此不疲。

　　爲了改善詩歌鑑賞的審美心理素質，應注意培養良好的興趣品質。

　　首先，要注意興趣的廣度。偉大的詩人往往也是大鑑賞家，他們的心胸開闊，對詩的興趣也是多樣的、廣博的。唐代詩人杜甫「不薄今人愛古人」，他讀詩無門戶之見，主張「轉益多師」，如「搖落深知宋玉悲，風流儒雅亦吾師」、「李陵蘇武是吾師，孟子論文更不疑」，這樣他才能成爲我國古典詩歌藝術的集大成者，所謂「上薄風騷，下該沈、宋，言奪蘇、李，氣吞曹、劉，掩顏、謝之孤高，染徐、庾之流麗，盡得古今之體勢，而兼人人之所獨專矣」[10]。詩人臧克家是寫新詩的，但他對舊體詩詞也有濃厚興趣。他曾寫過這樣一首詩：「我是一個兩面派，新詩舊詩我都愛；舊詩不

厭百回讀，新詩洪流聲澎湃。」當然我們現在強調的
興趣的廣度遠不限於舊詩和新詩，這裡所肯定的是臧
克家作為新詩人對舊詩並沒有門戶之見，依然保持了
多樣的興趣。總之，對詩歌鑑賞者說來，興趣宜廣泛
不宜褊狹。有的讀者過於偏嗜某一詩派或某一詩人，
非某派詩不觀，非某人詩不觀，其餘詩派和詩人的作
品在他看來就不是詩，毫不足觀，長此下去就會使自
己的審美心理結構成為畸形的。當然我們提出興趣廣
博些好，也不是主張平均分配。廣泛的興趣還是要和
中心興趣結合起來。一般說來，在對各時代、各流派、
各有代表性的詩人廣泛接觸的基礎上，對其中某一時
代、某一流派、某一有特色的詩人予以更多的關注、
傾注更大的興趣，也是極有必要的。這樣才不是學其
皮毛，而是深入領會其精髓。而對某一流派、某一大
家的深入學習與研究，又會有助於瞭解其他流派、其
他詩人，激起更廣泛的興趣，這就是博與約的辯證法。

其次，要注意興趣的持久性。詩歌審美心理結構
的完善、詩歌鑑賞能力的提高，非一日之功。常見有
些青年，一時興致來了，狂熱地讀詩寫詩，廢寢忘食，
但只是新鮮一陣子，過幾天，興趣轉移了，也就不再
理睬詩歌，這樣他的鑑賞能力也就很難得到提高。不

僅如此，凡缺乏持久興趣的人，也就是缺少恆心的人。
「苟有恆，何必三更眠五更起；最無益，莫過一日暴
十日寒。」缺少恆心，任何事業都難於成功，不獨學
詩而然。

■動機

　　動機是推動人進行活動的內部原動力，又稱動
因。它是在外部世界的刺激與主體的生理心理結構相
互作用下而形成的一個心理動力系統。

　　動機作爲主體從內部發出的動力，對於鑑賞活動
有著重大的作用。主要表現在：

　　第一，喚起鑑賞行動。人的任何行動都是由動機
引起的（無意識的行動由無意識的動機引起），鑑賞活
動作爲人的有目的、有意識的行爲，只能由某一動機
引發。

　　第二，指引鑑賞活動趨向一定的目標。動機不僅
能喚起行動，而且可以使行動具有穩定的內容，並趨
向於預定的目標。詩的鑑賞，即使是隨便翻翻也有一
定的目標。或者是爲了獲得一個大概印象，或者是先
翻翻再確定是否值得細看，或者是爲了尋覓一個已經
遺忘的詩句……至於正襟危坐、一本正經的讀者，那

往往有更明確的目的、更強烈的動機。在動機的激勵下，主體會沿著確定的方向前進，進而達到目的。

第三，爲鑑賞活動不斷地增添活力。動機不僅是行動的始發力，而且也爲行動的持續進行提供源源不絕的動力，表現爲對行動的積極態度。在動機的激勵下，主體會集中注意、排除干擾，把全部精力集中到詩上；當遇到閱讀障礙的時候，動機又會促使主體對行動進行調節，顯示出克服困難的巨大勇氣。

據美國心理學家克雷奇等人研究，動機可以分爲兩大類：

一類叫缺乏性動機，又稱生存和安全動機。這是以排除缺乏和破壞、避免或逃避危險和威脅的需要爲特徵的動機。它包括生存和安全的一般目的。缺乏性動機是建立在美國生理學家 W. B. 坎農提出的「體內平衡」說的基礎上的。

一九三二年，坎農在他的《軀體的智慧》一書中指出：生理系統以整體活動的方式維持著有機體存活所必需的條件的平衡，這就是說不管外界環境如何劇烈地變化，軀體可以透過自我調節，使自己保持穩態——即一種可變的而又保持相對恆定的狀態。軀體保持穩態的生理機制有一些是自動化的、不受意識控制

的，比如血液中的鹽、糖、氧及二氧化碳的濃度的相對恆定，外部氣溫降低後人體的發抖、升高後人體的出汗……就全是自動進行的。但是，當軀體所必需的穩態已不能由自動的體內調節長久地保持時，就會在意識中反映出來，成為需要。有了內在的需要，如果此時在外界存在著可以滿足需要的誘因條件，就會產生行動的動機，並導致實際行動。所謂缺乏性動機就是這樣出現的。

另一類叫豐富性動機，又稱滿足和尋求刺激的動機。這是以經驗享樂，獲得滿足、理解和發現，尋找新奇事物，追求有所成就和創造這些欲望為特徵的動機。它包括滿足和尋求刺激的一般目的。

缺乏性動機和豐富性動機相反相成地統一在主體的身上，又各自引起不同性質的活動。詩歌鑑賞活動的引起主要是出於一種豐富性動機。儘管不同的詩歌鑑賞者抱有各不相同的目的，諸如「認識人生和社會」、「發現自我」、「尋求生活的勇氣」、「尋求美」、「尋求知音」、「尋求刺激」、「逃避現實」、「學習寫作」等等，這些不同的動機應當說都是為了豐富主體的精神生活。不過同是豐富性動機，情況也不一樣。一類動機是高尚的，一類動機是低級的。高尚的動機才能獲

得高層次的審美心理效應；而低級的動機只能滿足某些低級的官能享受而已，對於涵養人的神思、淨化人的靈魂是無所助益的。因此，調整人的審美心理結構的一項重要內容，就是要克服卑下的情操，在審美實踐中不斷培育高尚的動機。

以上我們所介紹的知覺、理解、想像等認識因素，情感、興趣、動機等意向因素，以及個人無意識、集體無意識等深層心理因素，在詩歌鑑賞過程中並不是互相獨立、互不相關，而是互相滲透、互相依存、你中有我、我中有你的。其中，認識因素是詩歌鑑賞活動的基石，意向因素是詩歌鑑賞活動的動力，深層心理因素則提供了詩歌鑑賞活動的種族和個人的歷史淵源。在詩歌鑑賞過程中，認識因素、意向因素和深層心理因素的調整、滲透、組合與運動，這就組成了動態的、不斷發展變化的詩歌讀者的審美心理結構。

三、審美心理結構的形成

(一)審美心理結構的生理基礎

　　審美心理結構是主體的一種功能機構，因此不能脫離主體的生理條件。具體說來，審美機制是大腦的功能。大腦受到損傷，即使有再高的藝術審美能力的人也可能會變成白癡。美國生理心理學家 G. W. 格雷在他的論文〈「難解之結」〉中，曾介紹過一位前額受傷的瑞典牧師在受傷前後的心理效應。該病人五十三歲，畢業於神學院，是一個重要教區的牧師。作爲一個傳教士，他講道的思想內容及其豐富形象的表達是有名的。他無書不讀，舉止謙遜，熱心交誼。在中年時，這位牧師突然精神失常，記憶發生缺陷，還偶爾失去意識，甚至發生中度癲癇症。外科手術發現他腦內有一個大瘤子，摘除腫瘤的同時也不得不切去相當大的一塊前額。手術後，他脾氣依然很好，不過有時爲一點兒小事就突然勃然大怒或哇地一聲哭起來。他再不念書了，而熱心於滑稽的、膚淺的和不機智的說

東道西。他迴避需要集中注意的一些任務，不負責任，當被邀講道時，他就把老的一套說教拼湊一下。他的主教不敢讓他恢復原來的職位。在智力測驗中他的智商只達到七十二，而作爲控制對比的另一位牧師則得一百一十[11]。這一病例表明，人的情緒、智能等等心理機制是與大腦的生理機制緊密聯繫在一起的，正常的神經中樞的存在是人們正常的生活和工作的基礎，也是審美的基礎。還有人曾把初生的嬰兒與初生的黑猩猩一起養育，給予同樣的訓練。起初小黑猩猩表現很好，學習某些東西比幼兒進步快。可是到了一定階段，小兒開始學習講話時，小黑猩猩就跟不上了，無論怎樣訓練，黑猩猩都不能產生人的心理。這裡最根本的原因就在於小黑猩猩沒有相應的生理機制——缺乏像人那樣高度發達的大腦。可見任何心理活動都要建立在生理活動的基礎之上，任何行爲都是生理與心理的統一，藝術欣賞也不能違背這一客觀規律。欣賞音樂不能塞上耳朵；欣賞繪畫不能蒙上眼睛；欣賞詩歌映入眼簾的是文字符號，也必須喚起曾直接感知過的記憶表象，才能呈現出一幅瑰麗奇特、栩栩如生的畫面。比如對色彩的感知，就不能離開視覺感受器和大腦皮層相關部位的活動。詩歌固然不能像繪畫那樣

直接敷彩設色，但是卻可以利用詞彙固有的色彩屬
性，使用語言來「著色」，進而觸發讀者關於色彩的聯
想：

　　是山城呵，是水城，
　　都在青山綠水中！

　　　　　　　　　　　　（賀敬之，〈桂林山水歌〉）

這是利用相鄰色，造成一種淡雅、和諧的美感。

　　在一片死灰之中
　　走過兩個孩子
　　一個鮮紅
　　一個淡綠

　　　　　　　　　　　　　　（顧城，〈感覺〉）

則是利用紅和綠的互補色，在一片死灰的背景中製造了
一種強烈的色彩對比，給人一種充滿生氣的感覺。

　　毫無疑問，詩中的這類色彩描寫，只有具有健全
的視覺感受器和分析器的人才能領略。先天就雙目失
明的人透過別人的朗誦也許可以欣賞詩歌，但對詩中
的色彩繽紛的世界的認識，必然要大大地打個折扣。

（二）審美心理結構的形成

■ 縱向的歷史積澱

　　審美心理結構的形成要有生理的基礎，但審美心理結構不是純生物性的東西。它既是人類世代代的審美實踐透過遺傳而積澱的結果，又是個人的連續不斷的審美實踐的總和。

　　第一，人類世代審美經驗的歷史積澱。

　　據生理學家的研究，後天訓練所獲得的條件反射是可以遺傳的。早在一九一三年，巴甫洛夫就明確地提出了一個論點：「當一系列後代中保持著同樣的生活條件的情況下，新發生的反射可以逐漸地轉變爲固定的反射，這是極其可能的（現已有了少數的事實證明）。因之，這可能是動物有機體發展的永恆在起著作用的機制之一。」[12]根據巴甫洛夫的這一論點，H. П. 斯土金錯夫曾進行過白鼠條件反射的遺傳研究，條件反射是用電鈴聲來形成的，使白鼠馴養成按鈴聲而跑到餵食地點。所得到的結果如巴甫洛夫所寫的：「白鼠的第一代馴養成這樣的習慣須經三百次訓練。必須將鼠的餵食與鈴聲結合三百次，才能使它們馴養成聞鈴

聲而跑到餵食處。第二代得到同樣的結果只需一百次
訓練就夠了。第三代在三十次訓練後即養成了這種習
慣。第四代只需十次訓練即夠。第五代,我在彼得格
勒動身前看到,五次重複後即已習慣於這種鈴聲。第
六代將在我回來以後進行試驗。我認為這是非常可能
的:經過若干時間以後,鼠的後代可以無須事先訓練
而能按鈴聲而跑向餵食處了。」[13]此外,巴甫洛夫還
指出,這種反射的遺傳過程也能引起剛從卵中孵化出
的小雞所具有的能啄食穀粒與黑點那樣的無條件反射
的形成。巴甫洛夫寫道:「現已清楚地查明,剛從卵中
孵出的小雞,能立即開始啄食地上的任何黑點,這是
在努力尋找地上的穀粒,這說明了小雞已有著天生的
眼的求食反射。」[14]這種與智能有關的遺傳,在人類
身上也能見到。現代人高度發達的大腦,就是逐代遺
傳的產物。從北京猿人演變到具有大約一千四百克腦
的現代人,腦重量大約每一千年平均增長近一克。恩
格斯在《自然辯證法》中也曾指出,人類的手的自由
與靈活性是透過遺傳而一代一代地增強著:「只是由於
勞動,由於和日新月異的動作相適應,由於這樣所引
起的肌肉、韌帶以及在更長時間內引起的骨骼的特別
發展遺傳下來,而且由於這些遺傳下來的靈巧性以愈

來愈新的方式運用於新的愈來愈複雜的動作，人的手
才達到這樣高度的完善，在這個基礎上，它才能彷彿
憑著魔力似地產生了拉斐爾的繪畫、托爾瓦德森的雕
刻以及帕格尼尼的音樂。」[15]人類的審美心理結構的
發展也走過了這樣一條漫長的道路。人類在世世代代
的審美實踐中，把某些社會性的、集體性的、理性的
審美實踐成果積澱爲生理性的東西，形成集體無意識
的深層結構，進而一代一代遺傳下來，發展爲不同於
動物的、人類獨具的審美感官，以及帶有某種天賦色
彩的審美心理結構。以我國人民的詩歌審美觀念來
說，它的源頭可以上溯到三千多年前我國的古典詩歌
開始出現的時候。先秦時代形成的「風、雅、頌、賦、
比、興」即所謂詩之「六義」，其影響一直綿延到今天。
我國古典詩歌到唐代進入鼎盛時代，各種詩體備具，
形成了完整的格局。自此以後，古典詩歌代代相傳，
形成了一種超穩定性。即使是新詩誕生多年以後，舊
體詩還有相當大的讀者群以及數量可觀的作者。這種
現象的原因是複雜的，但除去漫長的封建社會造成的
文化封閉狀態以外，不也正反映了我們民族世世代代
詩歌審美實踐中某種集體無意識的積澱嗎？

　　第二，個體的審美經驗的積澱。

　　對人類審美心理結構有重大影響的集體無意
識，是人類的審美實踐世代積澱的結果，但是這遺傳
基因也只有在個體的審美經驗中，才能逐步發展爲既
有社會性、又有個人性的特定的審美心理結構。詩歌
讀者的審美心理結構，從宏觀來考察，是人類世世代
代審美經驗的積澱；從微觀來考察，則是個人有生以
來的審美經驗的總和。美國美學家托馬斯・門羅指出：
「從根本上說來，人們對藝術作品的反應也同對其他
事物的反應一樣，取決於從嬰兒起就開始形成的長期
習慣。」[16]讀者的每一次審美活動，都以現有的審美
心理結構爲起點，同時又改變著現有的審美心理結
構。因此，審美經驗愈豐富的人、所欣賞的藝術作品
層次愈高的人、相應的生活累積愈豐富的人，其審美
心理結構也就會愈趨於完善。

　　對於詩歌讀者來說，要想建立與現代優秀詩歌相
適應的審美心理結構，不能僅僅依賴自己生理器官的
機能，也不能僅僅滿足於集體無意識的積澱，最根本
的是參與詩歌欣賞的實踐。由於詩歌有獨特的把握世
界的方式，獨特的藝術語言，特別是現代詩歌跳躍性
強，跨度大，富於象徵性，那奇妙的意象組合和謎一
般朦朧的詩句，不僅有別於生活中的實用性語言，而

且也不同於小說、散文的敘述性語體，這就給初次接
觸詩歌的人，或者是接觸與自己所熟悉的東西大相逕
庭的詩歌的人，帶來一定的困難。他們往往會感到驚
奇，有時甚至是不知所云。這種狀況的改變，除去可
以透過學習相關的美學理論、詩歌理論，以及同詩人、
詩歌愛好者交換意見外，最重要的還是要透過大量
的、反覆的鑑賞實踐來逐步適應。帶有創新色彩的詩
歌讀多了，大腦皮層就會形成暫時聯繫，暫時聯繫的
多次出現會形成動力定型，與新的作品相適應的審美
心理結構也就會逐步建立起來了。

■ 橫向的同化與順應

同化與順應的概念，是瑞士心理學家皮亞傑提出
來的。在皮亞傑看來，人的認識結構具有同化與順應
兩種對立統一的功能。所謂同化就是指主體作用於客
觀環境時，能夠運用已有的認識結構說明和解釋環
境，把新的刺激納入已有的結構之中，予以過濾、改
變與吸收。同化可以不斷地加強結構，引起的是結構
的量的變化。所謂順應就是新的刺激不能被原有的結
構所同化，那麼就要建立新的結構或對原有的結構加
以調整，進而適應環境。與同化相反，順應不是對原

有結構的加強，而是對原有結構的破壞，引起的是結構的質的變化。

沒有同化，人的認識結構就不會得到豐富與加強；沒有順應，人的認識結構就不會獲得新的內容，也就很難得到發展和更新。同化與順應如鳥之兩翼，從心理上保障人能在客觀環境中自由地翱翔。

人們的認識發展從出生到老年，一般就循著這樣的途徑：人們每遇到新的事物，首先就會用原有的認識結構去同化它，如果該事物能夠被同化，那麼就會取得認識上的暫時平衡；如果不能被同化，便做出順應，調整原有結構或創立新結構，再去同化該事物，進而達到認識上的新的平衡。

詩歌讀者的審美心理結論的發展，實際上也遵循著這樣的歷程。

讀者接觸到一首詩，首先會用已有的審美心理結構去同化它。如果這首詩所傳達的思想、情緒與自己的思想、情緒是相通的，如果這首詩的藝術形式又是自己所熟悉的，那麼這首詩很自然地就會被主體的審美心理結構所同化。在這種情況下，讀者既有的審美心理體驗得到驗證，讀者的審美心理結構也同時得到了強化。從小受舊體詩詞薰陶的人喜歡讀舊詩，陝北

的群眾喜歡哼「信天游」，學齡前小朋友喜歡唱兒歌……其心理上的原因，就是在這種欣賞中，審美心理結構容易發生同化作用，進而使自己的審美經驗得到肯定，激發一種物我相融、自得其樂的快感。

但是，由於詩歌與創造有同一的含義，真正的詩總要「言前人所未言，發前人所未發」，獨抒機杼，自成一家，因此詩歌鑑賞過程中單純的同化幾乎是不存在的。詩的價值不僅是可以讓讀者印證他的審美體驗，更在於向讀者提供新的東西以充實、改變他的審美體驗。這樣讀者面臨一首真正有價值的詩作，必然有不能被他的審美心理結構所同化的東西，這就需要對自己的審美心理結構進行適當的調整。在多數情況下，這一調整是與同化過程，與自我肯定、自我驗證結合在一起的，因而是讀者所能夠容忍和樂於接受的。但是如果詩作所提供的新的訊息來勢過猛、過於強烈，再加上主體的審美心理結構穩定性、排他性強，那麼心理結構的調整就會出現困難，進而產生理解障礙。如果咒罵一聲，把詩作丟開，那就是鑑賞的失敗。如果能夠忍受這種不適應、甚至是痛苦，肯於付出代價，從多方面尋求與詩人對話的途徑，在審美探究上付出更大的勞動，就有可能逾越障礙，獲得一種更為

巨大的審美愉快，而自己的審美心理結構也會出現質
的飛躍。

註　釋

[1]參見《梅蘭芳文集》，中國戲劇出版社，1962 年版，第 30 頁。

[2]參見杜‧舒爾茨，《現代心理學史》，人民教育出版社，1981 年版，第 359 頁。

[3]李澤厚，《美的歷程》，中國社會科學出版社，1984 年版，第 266 頁。

[4]今道友信，《美學的現代課題》，見《美學譯文》(1)，中國社會科學出版社，1980 年版，第 298 頁。

[5]梁啟超，《小說與群治之關係》，見《中國近代文論選》上，人民文學出版社，1959 年版，第 158-159 頁。

[6]高蘭，〈《高蘭朗誦詩選》序言〉，見《文苑縱橫談》(9)，山東人民出版社，1984 年版，第 109 頁。

[7]臧克家，〈我的詩生活〉，見楊匡漢、劉福春編，《我和詩》，花城出版社，1983 年版，第 64-65 頁。

[8]柏西‧布克，《音樂家心理學》，人民音樂出版社，1982 年版，第 53 頁。

[9]同上，第 57 頁。

[10]元稹，〈唐故工部員外郎杜君墓系銘並序〉，見《四部叢刊》影明嘉靖本《元氏長慶集》卷五十六。

[11]參見 G. W. 格雷，《「難解之結」》，R. F. 湯普森主編，《生理心理學》，科學出版社，1981 年版，第 17-18 頁。

[12]巴甫洛夫，〈高級神經活動研究的二十年經驗〉，轉引自 Π. Π.

薩哈羅夫,《獲得性的遺傳》,科學出版社,1958 年版,第 233 頁。

[13]巴甫洛夫,〈條件反射的新研究〉,轉引自 Π. Π. 薩哈羅夫,《獲得性的遺傳》,科學出版社,1958 年版,第 234 頁。

[14]同上註。

[15]恩格斯,《自然辯證法》,《馬克思思格斯選集》第三卷,人民出版社,1972 年版,第 509-510 頁。

[16]托馬斯‧門羅,《走向科學的美學》,中國文藝聯合出版公司,1984 年版,第 107 頁。

第二章
詩歌鑑賞的心理條件

　　人們從事任何活動，都不是憑空進行的，既需要一定的外部條件，又需要一定的內部條件。以鑑賞而言，要有鑑賞對象的存在，要有一定的物理環境使鑑賞得以進行，這是外部條件；而每個鑑賞者又自成一個世界，其遺傳基因、生活經驗、文化素養、藝術觀念、情緒心境等，都會在鑑賞中起作用，這是內部條件。因此要使詩歌鑑賞活動順利進行，不是面對一張書桌、手把一冊詩集就夠了的；重要的是要創造宜於鑑賞的內部條件即心理條件，也就是說，要根據具體的審美對象、審美環境，對主體的審美心理結構進行必要的調整。這種調整涉及多方面的內容，下面僅就對鑑賞活動影響較大的幾個方面做一介紹。

一、心理訊息貯存

(一)鑑賞須有必要的心理訊息貯存

詩歌鑑賞不是主體對審美對象的被動接受，而是主體從詩作中汲取訊息，並透過體驗、想像、思考，調動自己的訊息貯存予以再創造，從而獲得美感享受的一種審美活動過程。在這一過程中，主體是否具有與審美對象相應的心理訊息貯存，直接影響到鑑賞效果。

首先，訊息貯存是展開審美想像的基礎。

詩的鑑賞是由主體對語言符號的接收開始的，但某一語言符號能否在主體頭腦中喚起相應的表象，很大程度上依賴於主體是否有豐富的表象貯存，比如讀王小妮的〈碾盤〉

驢已經卸了，

碾道上

有一扇陳舊的碾盤──

……

我走過去，

　摸了摸那碾盤。

　噢，是硬的、冷的，

　縫隙裡還剩下黃的玉米麵。

……

　王小妮這首詩不是用寫實的筆法摹寫碾盤，而是寫碾盤在受過現代意識洗禮的知識青年心中的感覺，詩人已不再簡單地把它當作碾盤，而是把它作爲中國農村的貧窮落後、苦難重重的象徵了。但我們理解這首詩必須從碾盤這一表象開始。凡是在農村生活過、見過碾盤的人，根據詩人提供的語言符號，浮現出碾盤的表象，並不困難。不過當前在城市長大的、從沒有見過碾盤、更缺乏推碾子、推磨的沉重生活經驗的青少年，要在頭腦中浮現出相應的表象就有些困難了，即使勉強能想像出一些，也必然是模糊不清的。這一基本意象模糊不清，在此基礎上的對象徵含義的探究也必然會受到阻隔。

　主體的訊息貯存不僅制約著意象的再造，而且影響著審美聯想。本來讀詩的愉快之一就在於由詩中某一意象的觸發，引起海闊天空的聯想，或者是在自己的生活經驗中，找到相似的表象，或者是在幻想的境

界中編織理想的花環……還以讀〈碾盤〉來說，由碾
盤這一中心意象，我們的頭腦中也可能連帶映現出推
碾盤的人的沉重步伐、簌簌落下的汗珠，山間的用石
塊砌成的小屋，被大車碾成兩道深溝的土路……這景
象有一種沉重、古樸的色彩，但用現代意識觀照卻又
感到強烈的不協調。這種聯想對於開拓詩的意境、挖
掘詩的深層內涵是十分有益的。不過只有熟悉農村、
對農村的苦難與落後有深切體會的人，才易觸發這樣
的聯想。那些生活經驗貧乏、不知碾盤為何物的青少
年，就難於領會此中滋味了。

　　其次，訊息貯存可以為鑑賞提供多種參照系。

　　鑑賞活動不是單一的訊息的汲納，讀者不滿足於
消極接受，他還要求深入探究，要求理解，要求做出
自己的判斷。這樣就不能單純地就詩論詩，而是要以
自己大量的訊息貯存為參照系，加以比較。英國哲學
家休謨說過：「一個人，如果他不曾有過比較不同種類
的美的機會，事實上，對於呈現在他面前的事物，他
就完全不夠資格發表任何意見。」[1]俄國教育家烏申
斯基認為比較是一切理解和思維的基礎，他說：「世界
上的一切，我們都是透過比較而不是別的方法認知
的。如果給我們呈示出某一新的對象，而你又不能把

它去和別的什麼東西聯繫上並加以比較使之區別開來
（如果這種對象可能有的話），那麼我們就不可能得出
關於這個對象的任何看法，關於它，也就說不出任何
一個字來。」[2]要比較就要有一定的參照系，這參照
系主要來自於讀者的心理訊息貯存。很明顯，心理訊
息貯存愈豐富的人，才可能提供出更多的、有價值的
參照系。清代詩人和詩論家袁枚在《隨園詩話》中也
談到了這點：「文尊韓，詩尊杜：猶登山者必上泰山，
泛水者必朝東海也。然使空抱東海、泰山，而此外不
知有天台、武夷之奇，瀟湘、鏡湖之勝，則亦泰山上
之一樵夫，海船上之一舵工而已矣。學者當以博覽為
工。」[3]袁枚在這裡以登山、泛水為譬，強調了鑑賞
中同其他參照系比較的必要：想領略泰山、東海之美，
光遊泰山、東海不夠，還應建立新的參照系，同天台、
武夷等名山，瀟湘、鏡湖等名水比一下，否則的話，
視野就難免受限制，「井蛙之見」也會難於祛除。比如
我們讀到劉禹錫〈秋詞〉中的名句：

　　晴空一鶴排雲上，便引詩情到碧霄。

　　如果就詩論詩，我們僅能看出這兩句詩是寫秋天
天朗氣清、白鶴騰空的景象，體會到詩人胸中鼓盪的

詩情而已。但是如果我們有較豐富的心理訊息貯存，知道在劉禹錫之前，古代詩人已多次寫過秋，但多以「悲秋」為基調，像「悲哉秋之為氣也，蕭瑟兮草木搖落而變衰」（宋玉，〈九辯〉），「秋風蕭蕭愁煞人，出亦愁，入亦愁」（〈漢樂府・雜曲・古歌〉），「清秋幕府井梧寒，獨宿江城蠟炬殘。永夜角聲悲自語，中天月色好誰看？」（杜甫，〈宿府〉），我們就不難體會出劉禹錫詩的異於前人之處了。如果我們平時又比較留意於古典文學理論研究，知道早有專家對中國文學史上何以有那麼多的「悲秋」的詩做過分析，如日本早稻田大學教授松浦友久指出：「貫穿於詩歌抒情過程的是……『對臨近的冬天（等於暮年）的恐懼』。這種時間意識是特別地象徵著人類的生命力消長興衰的時間意識。」[4]由此我們知道，「悲秋」是在雖有四季而春秋短暫的氣候環境下形成的一種民族心理，大多數以秋為題材的詩歌反映了這種民族心理，但也確實在一定程度上形成了某種程式化。劉禹錫的可貴，就在於他衝破了我們民族的這種思維定勢。他以曠達的胸懷看待春、夏、秋、冬的變異。他筆下的秋天，天高雲淡，晴空萬里，白鶴凌空，詩人的心靈也彷彿隨著白鶴在空中盡情翱翔，不再受人類生命消長興衰的羈

絆，獲得了空前的自由感。如果一個人知識面窄狹、心理訊息貯存貧匱，那麼就很難體味出劉禹錫詩中的超越意識。

(二)與鑑賞相關的兩類心理訊息貯存

■表象訊息貯存

表象訊息就是以表象形態存在的訊息，特點是有形象性，又稱形象訊息。由於人一出生就開始透過感覺器官獲得外部世界的表象，再加上表象自身的極大豐富性，比如「樹」這樣一個概念，喚起我們的表象可以有槐樹、柳樹、松樹、柏樹、桃樹、杏樹等等，而槐樹的表象又可以有大街兩旁的槐樹、公園裡的槐樹、乃至我家門口的兩棵大槐樹等等。在人的訊息貯存器中，表象訊息要比概念性的語言訊息多得多。據日本學者中山正和的推算，人類記憶中的語言訊息量同表象訊息量的比率大約爲一比一千。由此可見表象訊息貯存在整個心理訊息貯存中所占的位置。

表象訊息又可分爲兩種：直接的表象訊息與間接的表象訊息。

直接的表象訊息就是依據人的感官對客觀事物

的直接感知而形成的表象訊息。它來源於大自然和人類的社會生活，大自然的星移斗轉、雨雪雷電、山川湖海、鳥獸蟲魚……社會生活中的風俗人情、城鎮街道、家庭陳設、衣著衾枕……只要是主體感知過的，那麼就會在他的頭腦中留下印象，以表象訊息的形式貯存在人腦的訊息庫中。

　　詩歌鑑賞離不開直接表象訊息的介入，抽象的符號訊息只有透過讀者調動自己的直接表象貯存，才能使之轉化為具體可感、呼之欲出的形象。生活貧乏、直接表象訊息貯存過少的人，讀起詩來就未免捉襟見肘，有一種窘困之感。詩人葉維廉講過這樣一則寓言：從前有一隻青蛙，有一次，無意中跑到陸地上玩了一天，看到不少新奇的東西。回到水裡之後，便告訴它的好友魚，說見到了不少新東西。它說看到人戴著帽子，拄著柺杖，穿著鞋，魚聽了後頭腦中便出現了一條魚，戴帽穿鞋拄柺杖；青蛙告訴他有飛鳥，魚的頭腦中便出現了飛魚……這則寓言很能說明直接表象訊息在詩歌鑑賞中的作用。形象鮮明的好詩，在生活經驗貧乏的讀者腦中也會模糊不清，甚至全然走樣，就像那條從沒有出過水面的魚想像陸上、天空的東西都帶著魚的色彩一樣。關於詩的鑑賞與生活經驗的關

係，前人也曾有這樣的比方：少年讀詩如隙中窺月，中年讀詩如庭中望月，老年讀詩如台上觀月。對杜甫詩歌的欣賞很可印證這點。杜詩沉鬱頓挫、博大精深，像他〈北征〉中的句子：「生還對童稚，似欲忘飢渴。問事競挽鬚，誰能即嗔喝？翻思在賊愁，甘受雜亂聒。」深沉的語言中滲透戰亂時代的愁苦，滲透著父愛，表現了苦難中的生活情趣。身經離亂的中老年人讀到這裡會擊節稱嘆，但缺少閱歷的青少年則不一定會有強烈的共鳴。所以還是詩人陳繼儒在〈讀少陵集〉中說得好：「少年莫漫輕吟味，五十方能讀杜詩。」

　　間接的表象訊息，即由經驗過的文學藝術作品所獲得的表象訊息，蘇聯美學家鮑列夫稱之為「第二人生經驗」。間接的表象訊息，雖不是在對生活的直接感知中形成的，但也間接地來源於生活。它是對直接的表象訊息的豐富和補充，由於個人受生活條件的限制，不可能事事直接經驗，大量的關於自然與人類社會的表象，還是要根據他人的敘述、描寫而形成。間接的表象訊息同直接的表象訊息一樣，同樣是欣賞活動得以進行的基礎。

　　由文藝作品獲得的間接表象訊息，不僅可以彌補讀者由生活中獲得的直接表象訊息的不足，而且是直

接的表象訊息所不能取代的。這類間接表象訊息屬於
審美表象範疇，在這些表象中滲透著作家、藝術家的
審美理想、審美情感、審美直覺、審美體驗，因而這
種表象對讀者的心靈會有一種陶冶作用，無形之中影
響著讀者的審美態度。此外，間接的表象訊息是作家、
藝術家發揮藝術想像而創造出來的，它雖然與生活自
身有深刻的淵源，但不再是生活的簡單再現。比起生
活來，它不僅有集中、有省略、有變形，而且可以大
幅打亂現實生活的時空組合，在超現實的領域中縱橫
馳騁。像但丁的《神曲》，就完全打破了現實的時空界
限，從人間到地獄到天堂，從人到鬼到神，從平民到
惡魔到英雄全都涉及，詩篇在一種神奇而瑰麗的環境
中展開……像這樣的表象訊息，我們從現實生活中是
得不到的，只有靠鑑賞優秀的文學作品才能有所品
味。老舍在一九四五年寫的一篇文章中，就曾談到過
他從文學作品中獲得的收益：「使我受益最大的是但丁
的《神曲》。我把所能找到的幾種英譯本，韻文的與散
文的，都讀了一過兒，並且蒐集了許多關於但丁的論
著。在一個不短的時期，我成了但丁迷，讀了《神曲》，
我明白了何謂偉大的文藝。論時間，它講的是永生。
論空間，它上了天堂，入了地獄。論人物，它從上帝、

聖者、魔王、賢人、英雄，一直講到當時的『軍民人等』。它的哲理是一貫的，而它的景物則包羅萬象。它的每一景物都是那麼生動逼真，使我明白何謂文藝的方法是從圖像到圖像。天才與努力的極峰便是這部《神曲》，它使我明白了肉體與靈魂的關係，也使我明白了文藝的真正深度。」[5]老舍的體驗是有普遍意義的。英國十八世紀的詩人蒲伯早就在他的哲理詩〈論批評〉中，談過大量閱讀文學作品對增強鑑賞力的必要：

> 你的判斷力要能指引正確的路徑，
> 就應熟知每一個古典作家的特有個性；
> 熟知他每一頁中的寓言、主題、意圖；
> 他時代的宗教、國家和語言制度等的全部特徵：
> ……
> 要拿荷馬的作品做你學習與把玩的對象，
> 白天讀它，晚上把它細想；
> 由此形成你的判斷力，取得你的箴言，
> 蹤跡繆斯，直探她們的源泉。[6]

這與劉勰在《文心雕龍》中所說的「凡操千曲而後曉聲，觀千劍而後識器；故圓照之象，務先博觀」[7]正相一致。古今中外的作家、理論家不約而同地強

調博覽優秀作品，正說明間接表象訊息在鑑賞活動中的作用不容忽視。

■符號訊息貯存

　　符號訊息是指依賴於人的抽象思維而產生的詞、語等以符號形態呈現的訊息。由於絕大部分符號是語言符號，所以符號訊息又可稱為語言訊息，它不僅包括單個的詞、語句，而且包括用語言符號形式傳達出來的抽象的思想、理論、知識等。

　　符號訊息根據在鑑賞活動中所起的不同作用，可區分為不同的層次。

　　第一，哲學範疇的符號訊息。

　　這是對自然、社會、人整體上的高度抽象的概括，包括哲學的一般概念和理論體系。

　　詩與哲學雖然不屬於一個系統，但其間有著千絲萬縷的聯繫。朱自清談俞平伯的早期詩作：「俞平伯先生也愛在詩裡說理；胡（適之）先生評他的詩，說他想兼差作哲學家。」[8]實際上想兼差做哲學家的何止俞平伯一個？凡偉大詩人的作品總要滲透著某種哲理性。屈原的《離騷》、《天問》充滿理性的懷疑和批判，滲透著哲學上的懷疑主義；古羅馬詩人盧克萊修的〈物

性論〉一詩，則以韻文的形式表現了伊比鳩魯的哲學；
在西方文學史上占有重要地位的詩人拜倫，羅素在《西
方哲學史》中也爲他闢了專章，論述了拜倫身上的貴
族叛逆者的哲學……詩與哲學相結合的趨勢到了現代
變得更爲明顯。法國美學家米蓋爾‧居弗海勒說：「在
我們今天，哲學與文學之間的融合與日俱增。從存在
主義誕生以來，哲學與文學之間產生了一種新的結
合，如加布葉勒‧馬賽爾、薩特、加繆、巴達依勒等
人，都不僅僅是哲學家。就以哲學家阿朗爲例，他涉
獵文學，在文學領域尋求靈感，可以說，他同時用嚴
謹的論文、戲劇或小說來表達自己的思想。」[9]詩與
哲學的交融並非是誰有意的安排，而是出於自然，詩
人首先是人，他是帶有特定時代的他個人獨特的哲學
觀點來觀察世界、透視生活的。哲學不僅爲詩人觀察
世界、解剖生活提供觀點方法，同時又是詩歌賴以產
生的深層核心意識。當然詩與哲學的結合並不是用詩
的形式來寫哲學講義，而是指詩人憑藉敏銳的感覺，
在尋常的客觀事物身上發現精微的哲理，又把這哲理
轉化爲生動的意象表現出來。這種哲理性使詩歌不再
匍匐於地面，而是超越了現實，進入形而上的境界。

　　既然詩離不開哲學，詩人從某種意義上說也是哲

學家，那麼讀者要欣賞詩歌，就不能不儲備豐富的有
關哲學的訊息。這裡首要的是加強歷史唯物主義與辯
證唯物主義的修養。有了這種修養，才能具有如高爾
基所說的「很高的觀察點」，在鑑賞作品時才能視程遠
大，目光敏銳，才能穿透作品的色彩斑爛或迷離朦朧
的外衣，作出較爲科學的判斷。此外，由於古今中外
的詩人們哲學觀點極爲複雜，有的詩人一生中哲學觀
點發展變化又很大，爲了求得對這些詩人及其作品的
理解，也需要對中國和西方的古代哲學、近代哲學以
及現代各派哲學有所涉獵。比如讀王維隱居終南、輞
川時期所寫的《輞川集》絕句，現代讀者很可能對詩
人所描寫的「空山不見人，但聞人語響」、「澗戶寂無
人，紛紛開且落」這樣幽冷清寂的景色感到驚詫；而
如果我們不僅對王維的生平，而且對王維所信奉的佛
老哲學有較深刻的瞭解，那麼對於他在詩歌中流露出
的空無寂滅思想，也就不難理解了。再如讀英國湖畔
詩人華茲華斯的〈加來海濱的黃昏〉：

> 這美麗的黃昏多麼恬靜自在，
> 這神聖的時刻如寧靜的修女
> 在屏息默禱，當巨大的夕陽

在一片靜謐中漸漸沉入天際，

當天空正在溫柔地俯瞰著大海；
聽！浩渺的海洋並沒有睡去，
它捲起無盡的波浪，那濤聲
有如隆隆雷鳴——永不停息。

同步海濱的好孩子！好姑娘！
對眼前景色你彷彿毫不在意，
並非因為你缺少神聖的天賦，

只因你終年生活在這天國裡；
當我們全無所知，你卻常在
這聖殿禮拜，與上帝在一起。

（顧子欣譯）

　　這是一首風景詩，但味道與中國的風景詩很不一樣。在中國詩人筆下，自然只是審美客體，並不把它看成神靈的表現；中國風景詩追求的是詩人主觀情愫與自然景物的高度諧和，一般沒有神秘色彩。華茲華斯的詩則不然。華茲華斯熱愛自然，喜歡描寫自然、歌頌自然，在他的眼中自然不僅僅是自然，而且是神靈的表現，所以他的詩便帶有一種把神與自然界等同

起來的泛神論色彩。如果我們對一度在西方流行的泛神論的哲學缺乏瞭解，而是以中國人的自然觀來看這樣的詩，就會感到不好理解了。

　　第二，自然科學與社會科學範疇的符號訊息。詩以揭示詩人的心靈世界爲指歸，而詩人用來顯示自己心靈世界的材料卻是上自天文，下至地理，各色人物、飛禽游魚、樹木花卉……無所不包的。同時，詩歌中總要反映出詩人一定的自然觀、社會觀、倫理觀、歷史觀、文藝觀等等，讀者若對這些自然科學和社會科學的知識一無所知，那就難於欣賞這些詩作了。詩人中有不少是熱愛和精通自然科學的。德國詩人歌德喜歡化學、醫學、地質學、礦物學、植物學、光學，他發現了人的頜間骨，並寫了《植物的蛻變》、《顏色學》等學術著作。十九世紀的俄國詩人布尼亞柯夫斯基又是著名的數學家，萊蒙托夫則非常喜歡做數學難題。詩人對自然科學的興趣不在於把自然科學成果入詩，而在於自然科學爲他們的認識世界又開闢了新的思維空間。德國詩人布萊希特非常關注物理學，他在日記中寫道：「我喜歡物理學家們的世界……奇怪，我在這個世界裡比在舊有的世界裡感到更加自由。」[10] 這些詩人對自然科學的造詣和興趣，直接和間接地影響了

他們詩作的取材、立意和創作方法，讀者若毫無自然
科學的根柢，勢必產生隔膜。至於社會科學同詩的關
係就更為密切了。就拿歷史來說，它早已滲透在許多
詩作之中。陸機的〈文賦〉中有「頤情志於典墳」的
話，就是指詩人往往從閱讀古代典籍中觸發詩情。像
左思的〈詠史〉、杜甫的〈詠懷古跡〉、杜牧的〈赤壁〉、
李商隱的〈隋宮〉等，均屬膾炙人口的詠史佳作。現
代詩人中亦不乏藉歷史人物和事件來自抒懷抱的。張
志民的長詩〈夢的自白〉，用夢幻的形式揭示了抒情主
人公在「四人幫」的監獄中心靈遭受的折磨，和對自
由、對光明、對真理的渴望。詩中有兩個小節寫主人
翁在夢中的遊歷：

　　在橋山之下
　　我拜過黃帝的陵墓
　　沿唐玄奘取經的路線
　　徑直往西！

　　異國朋友都很親熱呀！
　　山魯亞爾的臣民
　　要我講一講中國的
　　《天方夜譚》

在雅典的葡萄園
我跟荷馬的後代們
一起探討了——
對普羅米修斯的質疑。

在阿拉伯——
大沙漠的紅柳告訴我：
金字塔是人造的，
沒有千萬塊
虔誠的基石
就沒有
金字塔的巍立！
在海德堡大學
我見到黑格爾先生；
老教授對我說，
不要大驚小怪！
世上沒有無端事件
任何事物的發生
都有它
發生的條件，
正像任何事物的滅亡

都有它

滅亡的前提。

詩人在這兩個小節中運用夢遊的形式,把中外傳說與歷史人物超時空地組合在一起,表現了對真理「雖九死而不悔」的追求。但這裡涉及了傳說與歷史中的許多人物和事件,讀者如果未能貯存豐富的歷史訊息,也就難於體會詩人內心的深沉悲憤和滲透在詩句中的歷史感。

第三,關於詩人詩作的符號訊息。

詩是詩人心靈世界的真實展現。爲了欣賞詩,就不能不對詩人的生平、思想以及有關的寫作背景資料有相當的瞭解,做到「知人論世」。清代歷史學家章學誠在《文史通義》中指出:「不知古人之世,不可妄論古人文辭也。知其世矣,不知古人之身處,亦不可以遽論其文也。」[11]近代詩人和文藝理論家王國維也說過:「是故由其世以知其人,由其人以逆其志,則古詩雖有不能解者寡矣。」[12]《全唐詩》第六卷收了章懷太子李賢的〈黃台瓜辭〉。

種瓜黃台下,瓜熟子離離。一摘使瓜好,再摘使瓜稀。三摘猶自可,摘絕抱蔓歸。

乍讀之下，可能摸不著頭腦，身為太子的李賢為什麼要寫這麼一首詩？於是找來有關詩人生平的資料，我們才知道，李賢是唐高宗第六子，是武則天所生。唐高宗原來已立長子李忠為太子，武則天當皇后以後，串通大臣許敬宗上奏章，以「子以母貴」為由要求換太子，於是廢李忠，立武則天才三歲的長子李弘為太子，不久，又誣陷李忠謀反而賜死。李弘長大以後，天性仁愛，也比較能幹，武則天想自己專權，怕這樣的兒子當皇帝自己控制不了，於是在李弘二十歲時用毒酒將他害死。李弘死亡，武則天立自己的第二個親生兒子為太子，這就是章懷太子李賢。李賢天分過人，「甫數歲，讀書一覽輒不忘」，長大後曾為《後漢書》作注。李賢被立為太子後，深知其母的奪權陰謀，擔心自己不能保全，又不敢公開說，便作了這首〈黃台瓜辭〉，「命樂工歌之，冀后聞而感悟」。這樣我們就很容易理解此詩是以瓜設譬，將武則天的四個親兒子比作瓜：如果把孩子都殺光了的話，那麼就「摘絕抱蔓歸」，只剩下一把枯蔓了。這首詩與曹植的〈七步詩〉有異曲同工之妙，不同的是曹丕聽了〈七步詩〉後，「深有慚色」，便沒有殺曹植，李賢的〈黃台瓜辭〉卻未能打動武則天，李賢先被廢為庶人，四年後又被

逼自殺，死時僅三十一歲。再如「左聯」烈士殷夫的
〈別了，哥哥〉裡面有這樣的詩句：

> 二十年來手足的愛和憐，
> 二十年來的保護和撫養，
> 請在這最後的一滴淚水裡，
> 收回吧，作為噩夢一場。
>
> 你誠意的教導使我感激，
> 你犧牲的培植使我欽佩，
> 但這不能留住我不向你告別，
> 我不能不向別方轉變。
>
> ……
>
> 別了，哥哥；別了，
> 此後各走前途，
> 再見的機會是在，
> 當我們和你隸屬著的階級交了戰火。

　　光就詩的字面，讀者對此詩何以「算作是向一個
『階級』的告別詞」，理解未必深刻。如果掌握了殷夫
的生平資料，知道殷夫的大哥徐培根曾經供給殷夫學

習、生活的一切費用，曾兩次把他從監獄保釋出來，還答應送他出國留學，從個人角度說，殷夫是感謝哥哥的；但徐培根又是國民黨政府的高級官員，先後擔任過蔣介石總司令部參謀處長和國民黨政府的航空署長等要職，從階級的角度看，他無疑又是殷夫和無產階級戰士所要推翻的階級的代表，我們才能領悟他們兄弟的分手又意味著與敵對階級的徹底決裂了。

二、心理定勢

（一）心理定勢及其形成

有個農夫正在田裡鋤地，忽然一隻兔子跑過來撞在樹樁上死了，他就放下鋤頭在樹樁旁等著，希望再得到撞死的兔子。

出自《韓非子》的這則著名寓言，一般都認為是諷刺那些故步自封的狹隘經驗主義者和希圖僥倖成功不願付出艱苦努力的人。其實從心理學角度看，它也描述了一種重要的心理現象——心理定勢。

心理定勢是指主體面臨某種活動（既包括感知、

想像、思維等心理活動，又包括對外部施加影響的動作）而呈現的心理準備狀態。這個農夫守在樹樁旁，「冀復得兔」，就正是一種心理準備狀態。在生活中定勢現象是隨處可見的。錢鋼在報導文學《唐山大地震》中描寫了兩位婦女在震後的知覺定勢：

> 不久前我訪問過一位唐山婦女，在她家，她給我端出水果和糖，出於禮貌，我請她也吃。她卻連連搖手，「不！不！」她說，「大地震後，我就沒吃過一點甜的東西……」她告訴我，她是在廢墟中壓了兩天兩夜之後被救出來的，出來後吃的第一樣東西，是滿滿一瓶葡萄糖水。從此，一切甜的東西都會使她產生強烈的條件反射。蘋果、桔子、元宵、年糕，甚至孩子的巧克力……這一切都會使她喚起十年前在廢墟裡渴得幾乎要發瘋的感覺。「我不能沾甜的東西，我受不了！」十年了，苦澀的滋味一直沒有離開她，一直沒有……

> 「經過地震的人，都像害過一場病。」另一位婦女對我說：「我一到陰天，一到天黑，人就說不出地難受。胸口堵得慌，透不過氣來，只想喘，

只想往外跑……」她不止一次這樣跑到屋外，哪怕屋外飄著雪花，颳著寒風，任愛人怎樣勸也勸不回來。她害怕！她是壓在廢墟中三天後才得救的，她至今還牢牢記著那囚禁了她三天的漆黑的地獄是什麼樣子。平時只要天氣變暗，當時那恐怖絕望的感受又會回來，令她窒息。[13]

這兩位婦女，一位怕接觸甜的東西，一沾甜的東西就會喚起十年前在廢墟裡渴得幾乎要發瘋的感覺；一位怕天氣變暗，一暗那恐怖絕望的感覺又會回來。這表明唐山大地震的強烈刺激，已使她們的內心對某些事物或行為形成強烈的定勢，這種定勢是那樣強烈，又那樣頑固，很難祛除，影響著她們的感知。

定勢現象在文藝鑑賞中也非常普遍。「老北京」都知道：當年的戲院一年到頭演出京劇，酒樓茶館清唱京劇，沿街賣胡琴的拉的是京劇，連拉洋車、做小買賣的也大都能哼幾句京劇。在這種環境的薰陶下，不少人產生了對京劇的定勢，只要鑼鼓點一打響，就產生了一種鑑賞的渴望。反過來，到了廣東，由於語言及文化環境的不同，便較少有人欣賞京劇，多數人喜歡富有廣東地方色彩的粵劇。詩的欣賞亦然。有些

老年人從學齡前就由家長口授舊詩，入學後又成天讀
舊詩、背舊詩、練習寫舊詩，長期薰陶的結果，他們
自然地養成了喜歡欣賞舊詩的心理定勢。

　　對定勢的形成，心理學家有不同的解釋。按照現
代認知心理學的觀點，定勢是在「模式識別」過程中
產生的。模式是指我們周圍世界中具有某種結構的各
種客體。模式識別就是人們把輸入的來自於模式的訊
息與長時記憶中貯存的有關訊息進行比較，進而辨別
出該模式屬於什麼範疇。主體對一個模式的識別，要
依賴兩種不同形式的訊息：一類是直接來自客體的感
覺訊息；一類是來自主體長時記憶的訊息。這種識別
又有互相協同的兩種訊息加工方式：一種是「自下而
上的加工」，即面對一個模式，主體先透過感覺器官去
蒐集客體的各方面特徵的訊息，形成感覺存貯；再從
感覺存貯中提取訊息，同主體長時記憶中已有的相關
訊息進行比較，如果一些基本特徵都相吻合，這一模
式就可以識別出來了。另一種是「自上而下的加工」，
因為有的時候客體的某些訊息出現空缺，特徵不全，
意義不明，這時僅僅依靠「自下而上的加工」就不足
以把模式識別出來，我們就必須依靠自身的經驗、有
關的知識以及上下情境的聯繫，才能把那些訊息空

缺、特徵不全的對象識別出來，這就叫作「自上而下的加工」。心理學家認爲，正是這「自上而下的加工」過程構成了心理定勢的基礎，因爲客觀事物是極其紛紜複雜的，主體的感覺能力總有一定的限制，那些比較複雜的對象往往會有一定程度的訊息空缺、特徵不全、意義不明，這時對模式的識別在更大的程度上就會依賴主體的經驗、知識、閱歷等等。人們由於經驗、知識、閱歷等的不同，對同樣一個對象，會形成不同的心理定勢，進而會出現各不相同的感受、印象和評價。

(二)心理定勢對鑑賞的影響

　　心理定勢對鑑賞的影響有兩重性，既有積極的作用，又有消極的影響。正如美國心理學家 J. M. 索里和 C. W. 特爾福德所說：「我們暫時的與永久的定勢，既是我們處世的資產，也是我們處世的負擔。」[14]

■ 定勢的積極影響

　　心理定勢形成以後，會對人的活動發生影響。在定勢的作用下，人們會從他過去的訊息貯存中提取與當前所要認識的事物或所要從事的實際活動相關的訊

息，以同新輸入的某一客體的訊息進行分析比較，進而順利地完成對某一事物的認識或完成某一活動。定勢對鑑賞的積極影響表現爲：

第一，定勢有助於提高閱讀效率。

讀詩不能脫離文字符號，但不同文化水準的人對文字符號的接收效率是很不相同的。文盲根本不能接收文字符號，且不去說他。粗識文字的人往往是一個字一個字地先去辨認，然後再把每個字連成一句話，體會這是什麼意思，這樣的閱讀效率自然是極爲低下的。文化水準高的人則不然。他不是一個字一個字地去讀，而是在定勢的作用下，充分利用自己在某一方面的有系統、有組織的訊息貯存去接收，識別，並能把新接收的訊息迅速納入一定的經驗模式中，因此能迅速地抓住全篇中的關鍵段，一段中的關鍵句，一句中的關鍵成分。有時個別字脫落或模糊不清，但依靠經驗和上下文關係，照樣可以閱讀下去。這樣，他在較短的時間內就會獲得大量的訊息，進而大大提高了閱讀效率。

第二，定勢有助於形成審美期待。

期待是主體對客觀事物的多次定向反射後形成的一種心理定勢，只要接受某種刺激，便能喚起相關

的注意類型，爲活動的展開做好心理準備。在藝術鑑
賞中，主體如能在鑑賞過程尚未展開前，形成一種審
美期待，就會大大提高鑑賞效果。英國美學家阿諾·
理德曾用音樂演奏前的「調弦」，說明它對喚起審美期
待的作用：「演奏前『調弦』的聲音或小提琴家演奏之
前那幾聲零碎的主題預奏，都會促進人們想聽到更
多、更令人滿足的音樂的欲望。……如果預奏的音符
就是某個三重奏樂曲頭幾個音節的音符，那麼這些音
符就會要求演奏下一個樂句，再下一個樂句，再下一
個樂句，如此下去，無有底止。」[15]

　　審美期待是在主體過去的審美經驗的基礎上形
成的，體現了主體對透過鑑賞獲得審美體驗的渴望，
因此它是超越了對物質利益或名譽地位等的嚮往的，
帶有非功利的性質。在這種期待狀態下去讀詩，就不
會熱中於把詩與某一實用的目的聯繫起來，去搞什麼
「對號入座」，而會從審美的角度去細心玩味，進而充
分獲得美感享受。審美期待涉及的內容很多，諸如主
體性期待，即基於對詩的主體性原則的理解，進而傾
向於不把詩中描寫的客觀事物看成獨立的客體，而只
當作詩人主觀情緒的對應物；暗示性期待，即基於對
詩歌富於多層含義的理解，進而傾向於不僅根據表層

意思來理解，而且要進一步追尋表層意思後面的深遠
暗示；整體性期待，即基於對詩歌是由若干要素構成
的有機整體的理解，進而傾向於把跳躍過大、表面散
亂的意象聯繫在一起，把它們看成具有獨特結構的整
體；音樂性期待，即基於對詩歌語言富於音樂性的理
解，進而傾向於按照某種節奏與韻律來衡量詩歌。最
後一點在格律詩的欣賞中表現尤為明顯，這是由於格
律詩的句數、字數、韻腳、平仄、對仗等都有嚴格規
定，透過長期的鑑賞實踐，可以把這些規則記得很熟，
這樣，只要一看到「七律」、「五絕」或「西江月」、「滿
江紅」這些體裁和詞牌名，頭腦中就會浮現出相應的
格律模式，在閱讀中一旦獲得驗證，便猶如在心中跟
著哼唱一首名曲一樣，產生一種愉快的體驗。

　　審美期待作為主體面臨鑑賞對象所產生的一種
心理準備狀態，其成因從根本上講涉及以往的審美經
驗及深層心理，要靠不斷地提高藝術素養來解決。具
體到一首詩的欣賞，如果能在鑑賞前做好一定的準
備，比如瞭解詩人的生平經歷、思想發展、創作成就，
瞭解詩作的寫作緣起，瞭解評論界對此詩的反響等
等，就會激起對這首詩的興趣，並形成審美期待。比
如我們從資料上瞭解了曹植和甄后的關係，就會自然

形成對〈洛神賦〉的期待；瞭解了法國象徵派詩人魏
爾倫詩歌「首先是音樂」的主張，便會產生到魏爾倫
的詩中去尋覓音樂美的期待……這種種期待的產生將
會大大提高鑑賞效果。

■ 定勢的消極影響

　　心理定勢可以使人的感知、思維活動趨於系統
化、自動化，有助於形成審美期待，可以對鑑賞起推
動作用，已如前述。但與此同時，定勢也可能成為人
的負擔，在鑑賞中，尤其是對有創新、有探索的作品
的鑑賞產生消極的影響。

　　定勢的消極影響集中表現為它對人的思維的限
制作用。在心理學家設計的「非常用途」實驗中能清
楚看到這點。這類實驗要求被試者能擺脫某種熟悉的
用品的常見用途來解決問題，比如鉗子是起釘子、剪
鐵絲、緊螺絲的工具，現在卻要求用來當擺錘。又如
圖釘盒是裝圖釘用的容器，現在卻要求用圖釘把圖釘
盒釘在門上當燭台……心理學家發現，對事物的常見
用途心理定勢愈強，也就愈會限制他朝別的地方去
想，進而影響問題的解決。在詩歌鑑賞中，心理定勢
的限制作用表現也很明顯，特別是在那些長期欣賞某

一風格、某一流派作品，形成了固定審美趣味的讀者
身上。他們對符合自己口味的作品，鑑賞起來如駕輕
車，如走熟路，比較容易得到審美滿足；但是對不符
合口味的作品則有一種強烈的抗拒性、排他性，以致
做出不夠科學的評價。十七世紀時英國詩人彌爾頓寫
出長詩《失樂園》，氣魄宏偉，風格高昂，具有鮮明的
獨創精神。但當時英國有的批評家受亞里斯多德《詩
學》影響很深，形成了以《詩學》模式為標準的心理
定勢，對《失樂園》做出了不夠科學的評價。他們認
為《失樂園》違背了《詩學》的原則。一是以不幸結
局。按古希臘史詩的傳統應以圓滿結局，例如荷馬的
《伊利亞德》結局是凱旋，《奧德塞》的結局是夫妻歡
聚。現在《失樂園》寫亞當和夏娃被逐出樂園，這是
悲劇的結局，也就是說這一題材應寫成悲劇，不應寫
成敘事詩。二是動作不一律，枝節太多，插入罪的女
神與死神，在作者以為是文字有了變化，其實是破壞
了統一。很明顯，這樣的批評就不夠公允，反映了批
評家所受的原有心理定勢的拘囿。

　　定勢的消極影響還表現在社會心理學家所提出
的「光環作用」和「遵從傾向」上。

　　「光環作用」是美國心理學家 J. L. 弗里德曼等

提出來的。如果一個人被標明是好的，他就被一種積極肯定的光環籠罩，並賦予一切好的品質，這就是光環作用。如果一個人被標明是壞的，他就被認爲具有所有的壞品質，這就是相反的情況（人們稱之爲「消極否定的光環」）或「掃帚星」的作用）。有人做過這樣的心理實驗：給被試者一些人的照片，這些人表面上分別是有魅力的、無魅力的或中等的；然後讓被試者在一些與魅力無關的特性方面評定每張照片上的人。結果，在幾乎所有的特性方面，有魅力的人得到的評價最高，而無魅力的人得到的評價最低。有魅力的人因爲好看，有一種積極肯定的品質，他們就被看得也具有其他積極肯定的品質了；相反，那些不好看的人則被看得也具有其他壞品質。很明顯，「光環作用」也就是一種定勢作用，一旦對客觀事物產生某種印象後，就傾向於把這種印象也推廣到其他方面去。「光環作用」在詩歌鑑賞中也大量存在。雖然不是憑詩人外貌的好壞來推斷詩的好壞，但卻常常根據一個詩人名氣的大小來判定他詩作的價值。馮夢龍《古今譚概・顏甲部第十八》上就載有一則軼事：

　　張率年十六，作賦頌二千餘首，虞訥見而詆之。

率乃一旦焚毀，更為詩示焉，託云沈約，訥更句
句嗟稱，無字不善。率曰：此吾作也。訥慚而退。
[16]

張率是個無名的青年詩人，虞訥據此就形成了一種否
定性的定勢，看他的兩千餘首詩便哪首都不順眼；相
反，南朝詩人沈約大名鼎鼎，頭上有「光環」，故即使
是冒名頂替的詩也「無字不善」了。不要只把這則軼
事當笑話看，今天我們有些編輯按詩人頭上的「光環」
發稿，大詩人發頭條；一般詩人發一般位置，無名詩
人則被擠到「補白」處，更多的是被擠掉。我們有些
讀者也被名人頭上的「光環」晃得眼花撩亂，只認名
家不認詩。名家的平庸之作，在他看來也必是字字珠
璣，妙語天成；無名詩人的優秀作品，只因作者無名，
也就棄置一邊。這就是「光環作用」在作怪。

　「遵從傾向」是就社會對個體的影響而言的。人
是社會的動物，社會既是由各個個體按一定的社會關
係所組成，同時又以它固有的特徵和文化培育著、影
響著每個個體。社會影響個體的一個重要方面是遵
從。透過遵從，個體受到他所在群體的其他成員的影
響，和他們一樣地行動，甚至當他感覺到群體其他成

員對刺激的反應不正確的時候，也會如此。美國社會心理學家阿希曾做過關於遵從的經典性實驗：在受試者前面的牆上貼著兩張紙，一張紙上畫著三道顯著不同的線，另一張紙上畫著一道筆直的、和那三道線中的一道相同的線。看出這點是不難的。在個別進行實驗時，人們都無誤地指出了那兩道相同的直線。主要的實驗是用集體方式進行的。在由八個人組成的一個集體面前，貼著上述兩張畫有線條的紙。每個受試者在實驗者提出任務後，均指出三條線中有一條等於標準線，其餘的人都聽著他的回答。實驗的特點在於，八個受試者中的七個都是實驗者的助手，他們按照事先的布置故意指出另一條不同於標準線的線，硬說它等於標準線。實驗安排每個受試者都作爲第七個人回答，在他之前的六個假冒的受試者都一致指出一條和標準線顯著不同的直線，說它和標準線相同。實驗的結果表明，有三分之一以上的受試者（百分之三十七）重複了集體的錯誤答案。集體的意見對他們來說比親眼所見更有分量[17]。

　　如果說線段的長短雖然不難憑自己的感官直接判定，但還會受群體的影響，多數人的話竟然可以使人懷疑自己的感官，那麼對於意義遠不那麼確定、又

很難用幾條現成的確定標準來衡量的詩歌來說，對多
數人的依賴性就更為明顯了。在詩歌朗誦會上，個人
隨大多數人憤慨而憤慨，隨大多數人歡笑而歡笑，隨
大多數人鼓掌而鼓掌，是極普遍的現象。即使是個人
欣賞詩歌，那個無形的大多數依然在制約著讀者。比
如關於這首詩的批評文章、詩在報刊上排列的位置、
教師的講解、朋友的交談……都形成了關於這首詩的
集體輿論，這種輿論會轉化為欣賞者的心理定勢，形
成某種先入之見。比如輿論認為這詩是好的，那麼個
人也就傾向於認為這是好詩，在閱讀中主要是尋找它
怎樣好；假如輿論認為這詩是壞的，個人也就可能棄
置一邊不看，或者即使看也主要想抱研究的態度看看
它到底怎麼「壞」。「遵從傾向」體現了群體對個人的
誘導。它儘管犧牲了個人的獨立判斷，畢竟起到了使
社會生活協調一致的作用，在實際生活中還是有一定
意義的。但在詩歌鑑賞中，「遵從傾向」就只有消極影
響了。因為藝術的創造與鑑賞都要求心靈的高度自
由，詩人的創造性就表現在他敢於跳出長時間以來在
多數人中形成的藝術窠臼，向多數人中的陳舊的藝術
趣味挑戰；讀者要能欣賞這樣的詩，也必須要有自己
的獨立思考精神，衝破群體壓力，絕不人云亦云才行。

　　定勢的消極影響，是詩歌鑑賞的一大心理障礙，必須設法克服，這就需要根據鑑賞實際，不斷調整與改組心理定勢。

　　當我們面對一部新穎獨特、很不熟悉、很不合口味的作品時，不要盲目排斥，不要簡單化地推開了事，而是要分析一下自己對作品的不適應之處到底在哪裡，再逐一地做些準備，創造好欣賞這類作品的條件。

　　當我們面對一部呼聲很高、讚譽鵲起的作品時，要注意衝出這「光環」的籠罩，不管別人如何稱讚、抬得如何高，我要堅持用我的眼光去看，用我的標準去衡量。反過來，對遭到猛烈批評的作品，也要獨自去做出分析判斷。總之，不從別人的現成結論出發，堅持獨立思考，不怕處於少數的位置，在藝術欣賞領域是談不到什麼「少數服從多數」的。不過另一方面，我們也不應故作驚人之語，只是為了顯示自己與別人的不同而故意獨樹一幟。當別人的意見經過我們思索後，確實感到有道理，就應對自己的看法做適當的調整。俄國作家屠格涅夫在〈回憶別林斯基〉一文中，曾講到他年輕時醉心於別涅季克托夫的詩歌，能夠背誦其中的許多篇章。後來讀到別林斯基對別涅季克托夫的批評，雖然一時不能接受，有些冒火，可是無論

閱讀的當時或以後，心裡總有一個什麼東西在不由自主地贊同批評家，認爲別林斯基的理由是有說服力的，是反駁不了的。過了一些時候，他果然不再讀別涅季克托夫[18]。這表明屠格涅夫在別林斯基的影響下，心理定勢做了調整。

心理定勢的調整還不僅是閱讀前的準備功夫，而且在閱讀中也不斷在進行。《白居易年譜》中引《幽閒鼓吹》所載白居易以詩謁顧況一事：「白尚書應舉，以詩謁顧著作。顧睹姓名，熟視白公，曰：『米價方貴，居亦弗易！』乃披卷，首篇曰：『離離原上草，一歲一枯榮……』即嗟賞曰：『道得個語，居即易矣！』因爲之延譽，聲名大振。」[19]白居易到京城拜謁顧況時才十六歲，是個毛頭小夥子，既無詩名，又無功名，以至於顧況首先就對他產生了「未必能寫出好詩」的心理定勢，這才說出「米價方貴，居亦弗易」的話來。但是當他讀到了白居易的〈賦得古原草送別〉，深被「野火燒不盡，春風吹又生」等詩句中所表現的少年豪邁、雖受摧折而不屈服的勃勃生氣所打動，於是調整了他的心理定勢，才會改口說「道得個語，居即易矣」。

當然，打破舊有的心理定勢，會出現某種失去平衡的感覺，因而會使人產生一種暫時的痛苦，但這點

痛苦是值得的，因為正是在這短暫的痛苦中，與審美
對象相適應的新的定勢得以建立，我們才能在鑑賞活
動中獲得更大的愉快。

三、鑑賞處境與心境

　　人總要在一定的環境中生活，人的活動也總是在
一定的環境中展開的。鑑賞活動得以展開的環境叫鑑
賞環境。鑑賞環境包括鑑賞的物理環境與心理環境。
鑑賞的物理環境是指鑑賞的時間、處所等等，稱為鑑
賞處境；鑑賞的心理環境是指主體在特定的處境下，
面對審美對象形成的一種情緒狀態，稱為鑑賞心境。
鑑賞環境是處境與心境的統一，是鑑賞者的內在世界
與外在環境的交混回響。

(一)處境的選擇

　　鑑賞的處境，即鑑賞的時間、處所等，雖與讀者
所讀的內容無直接關聯，但是環境的刺激與作品的刺
激交混在一起，會在讀者的心理上產生微妙的效應，
影響鑑賞的效果。

■ 鑑賞時間的選擇

　　鑑賞的時間，乍看起來與鑑賞效果無關。讀詩什麼時候讀不一樣？實際不然。詩歌從本質上說是一種時間藝術，無論詩人情緒的大起大落，還是極其微妙的心靈震顫，全要透過與一定時間相聯繫的空間意象表現出來。時間在詩歌中絕不僅僅是為詩人的抒情以及所涉及的事件提供一個時間背景，而且對詩情的萌發、構思的深化也全有著微妙的影響。鑑賞的時間如能與詩歌中涉及的特定時間相呼應，就會使讀者有一種身臨其境的感受，獲得比在其他時間鑑賞要強烈得多的美感。在春風沉醉的晚上去讀張若虛的〈春江花月夜〉，不僅對「江天一色無纖塵，皎皎空中孤月輪」的景色感到極為親切，而且對詩人抒發的「人生代代無窮已，江月年年只相似」也易觸發強烈的共鳴。在秋高氣爽、西風勁吹的日子裡去讀雪萊的〈西風頌〉，不僅容易把詩中描寫的「萬木蕭疏」、「落葉無數、四散飄舞」的景象與現實景色溝通起來，而且對詩歌結尾詩人發出的「如果冬天來了，春天還會遠嗎？」的預言，會有更深切的體味。海涅的〈德國—— 一個冬天的童話〉，主旨不是描寫自然界的冬天，而是飽含激

情、大筆濃墨地描繪了詩人要砸碎封建的、停滯的、古老的德意志，建立一個統一的、自由的、新的德意志的理想。但由於此詩以詩人一八四三年冬天回國旅行的見聞爲背景，如果我們在冬天去讀，不僅感到親切，而且對詩人以「冬天」來象徵德國社會的嚴酷和死氣沉沉會有更深刻的理解。此外，在寒暑易節、新年伊始、生日忌辰等明顯地感到時間交替的日子，我們去讀詩人因回顧人生歷程而昇華起強烈的時間意識的詩作，如曹操的「對酒當歌，人生幾何？譬如朝露，去日苦多」（〈短歌行〉），如艾略特的「鐘聲響亮／計著不是我們時間的時間，又爲／慢慢的海底巨浪掠過……」（〈四個四重奏〉），我們的感觸自然也來得強烈。當然，這僅是就詩歌鑑賞的時間與詩歌所涉及的時間內在的某種關係而言。在實際鑑賞中，或者由於某些詩的時間顯示不明顯或時間跨度過大，或者由於讀者本身就是個大忙人，很難找出與詩歌對應的時間去鑑賞，那自然就不必過於拘泥了。

■ 鑑賞處所的選擇

　　比起時間因素來，鑑賞的空間因素即鑑賞處所對鑑賞效果的影響還要更大些。同是貝多芬的「第九交

響曲」，在家庭的客廳中播放，往往爲主人與客人不時
的插話聲所干擾，甚至成爲談話的背景。但是如果在
音樂廳，鴉雀無聲的聽衆聆聽著樂隊的演奏，特別是
聽到合唱隊唱出的〈歡樂頌〉：「歡樂，美麗的神聖的
光芒，天國中的仙女……」，便會自然地陶醉在這熱
情、莊嚴而又輝煌的樂聲中，獲得極大的精神享受。
在高保眞的錄音、錄影技術已十分發達的今天，觀衆
依然不滿足於錄音、錄影，而要進音樂廳、進劇場，
就在於音樂廳、劇場有在家庭放錄音、錄影所不可取
代的空間環境因素。文學評論家吳亮曾談過在不同處
所讀王安憶的小說《小城之戀》的體會：「一開始讀它
的時候，因爲環境嘈雜，不停地中止閱讀和人講話，
竟覺得看得累：反反覆覆重重疊疊，迴旋曲式地多次
出現『復呈部』，喋喋不休的旁白給整篇小說的陳述帶
來一種看得透透的局外人的冷觀。後來，當我獨處一
室重新讀它的時候，我便震動了，被那種狂熱的粗野
的負罪的扭曲的性愛震動了。」[20]類似的情況在詩歌
鑑賞中更是普遍存在。參加詩歌朗誦會也像到音樂廳
聽音樂、到劇場看戲一樣，帶有某種心理儀式的味道，
這種心理儀式使朗誦活動自身帶有一種莊嚴、神聖的
色彩。有些詩在嘈雜的報刊門市部掃視幾眼，可能覺

不出妙處；還是這些詩，到了朗誦會上，幾百名或幾
千名聽眾靜悄悄地期待著，再加上朗誦者的熱情飽滿
而又恰到好處的傳達，便可能使聽眾如癡如狂。可見
鑑賞的處所與鑑賞效果關係極大，不可不慎重選擇。
如吳亮所談，讀小說在嘈雜的環境與獨處一室都大不
一樣，何況讀詩？讀詩，特別是讀那些哲理性強、手
法新穎、富於暗示性與象徵性的詩，實在不是件輕鬆
愉快的事，像哼小調一樣毫不費力就可以完成的。因
此，指望拿一本詩集，像讀消遣小說一樣在嘈雜、混
亂的車廂社會中「解悶」，無疑很不適宜。當然，限於
目前的居住與學習條件，要求每個人都能在絕對安
靜、清幽的環境中讀詩也並不現實。但是就現有的條
件，能夠使讀詩的處所與外界的喧鬧嘈雜隔絕一下，
盡可能地避免干擾和分心也還是有必要的。

　　對鑑賞處所的進一步要求是選擇與詩歌的空間
意象相近似的環境來鑑賞。喜歡詩歌的人去旅遊，每
遇風景名勝，與此相關的詩句、詩篇往往自動浮上腦
際，不召自來：漫步在西子湖畔，流連著山光水色，
會輕吟出蘇軾「欲把西湖比西子，淡妝濃抹總相宜」；
登上泰山日觀峰，極目遠眺，天風振衣，會不禁念出
杜甫的「岱宗夫如何？齊魯青未了……」；坐在青島海

濱，看到海浪一下又一下地沖打著礁石，會浮現出艾青〈礁石〉中的句子：「一個浪，一個浪／無休止地撲過來／每個浪都在它腳下／被打成碎沫、散開……」站在長城之巔，目睹長城隨著山勢蜿蜒起伏，消失在天邊，彷彿看到了邵燕祥在〈長城〉一詩中描繪的那匹神奇駿馬：「我跟太陽躍起在太平洋／水淋淋地登上／北京灣，逶迤而西／曝乾了鬃上的水滴／沉澱出歷史之鹽……」這些油然而生的詩句多數是過去曾熟讀過的，但由於年代已久，在記憶中也往往淡漠了。現在來到了詩人所描繪的地方，景與情合，詩人所描繪過的審美經驗得到了驗證，這些詩句也猛然從潛意識中跳了出來。人們一邊飽覽風景，一邊吟味詩句，自然山川之美與藝術之美交融在一起，所得的審美愉快遠非單一地觀賞風景或閱讀作品可比。

(二)心境的調節

■ 心境對鑑賞的影響

　　比起時間、處所等外部因素對鑑賞的影響，心境的影響要更有力量，何況外部影響最終還是要轉化為心境的組成部分，才能起到作用。

　　傳說清朝時，成都的杜甫草堂原塑的杜甫像坍塌
了。當時的四川制台便請工匠重塑，工匠們接連塑了
十幾次，制台全不滿意，認爲不像杜甫。後來有一位
儒生自告奮勇承擔這一責任。他遣散眾人，緊閉門戶，
連續三天三夜打坐於蒲團之上。到了第四天他躍身而
起，抓泥急塑，如鬼使神差一般，三天即告成功。制
台前來一看，連忙跪倒在像前叩頭不止，說：「這才真
是杜甫！」叩罷起身，問那儒生：「你怎麼會塑得這麼
逼真？」儒生回答說：「其實我也不知道杜甫是什麼樣
子，只是我自幼好讀杜詩，每到好處，常常感動得淚
水直流。又常常在夢中見到一位憂國憂民、白皙長鬚
的老人站在案旁。前三天我之所以靜坐不動，就是在
回憶夢中人的神態。我塑的就是這位夢中老人啊。」[21]

　　這個故事很動人，也很能說明鑑賞主體的心境對
審美體驗與審美想像的作用。儒生沒有見過杜甫，手
頭也不可能有杜甫照片一類的資料，但是他有對杜甫
的真摯的愛，在三天靜坐中進入一種超脫俗務、精神
上高度自由的審美心境。這樣他才可能根據自己多年
來讀杜詩對抒情主人公的理解，在腦海中浮現出杜甫
的形象。可見詩歌讀者的審美想像雖然主要是一種再
造想像，要以詩人所提供的形象爲依據，但讀者鑑賞

時的心境如何，對審美想像是否清晰、是否生動、是否絢麗多彩，有巨大的影響。如果在一種冷漠、心不在焉的心態下去讀詩，那麼就只能消極地接收一些文字符號，很難據此形成生動、鮮明的形象；反過來如果對詩作懷著極大的熱情和期待，全身心地投入欣賞，那麼他的審美想像就會呈現生機盎然、光彩奪目的景象。

　　心境對鑑賞活動的影響，還要看主體的情緒狀態與詩歌內在的情緒狀態是否相適應。如果主體的心境與詩作的情緒相一致，那麼讀者就會容易接收審美訊息，去自然地擁抱作品、產生共鳴。在民族危亡的嚴峻時刻，決心為國捐軀的愛國志士讀文天祥的〈過零丁洋〉，便極易被詩中流露的浩然正氣所感染。在社會主義建設的新時期，渴望改革的人讀駱耕野的〈不滿〉，也會感到深得我心。如果主體的心境與詩作的情緒狀態不一致，甚至完全對立，此時就會出現主體與審美對象的牴牾現象，審美的整體效應就會大大地削弱，甚至會導致鑑賞的中斷。深深地陷入失去親人悲痛的人對輕快歡樂的樂調會感到強烈不協調；在失戀之中讀那些抒發愛情喜悅的詩篇也往往徒增煩惱。《呂氏春秋》上講的「耳之情欲聲，心不樂，五音在前弗

聽。目之情欲色，心不樂，五色在前弗視」[22]，也正
是這樣的道理。

■ 心境的調節

　　心境對鑑賞有重要影響，這種影響有積極的一
面，也有消極的一面，因此鑑賞的重要心理準備之一
就是對心境進行調節，使之更適宜於鑑賞對象。

　　心境的調節最根本的一點在於靜心。白居易在聽
了古琴曲「幽蘭」後寫了一首詩：「琴中古曲是幽蘭，
爲我殷勤更弄看。欲得身心俱靜好，自彈不及聽人彈。」[23]
白居易強調欣賞藝術要靜心，爲了達到「身心俱靜好」
的狀態，自己彈琴不如聽人彈琴，大約是聽人彈可以
身心俱靜，而自己彈總還要勞心費力，身心不能放鬆
吧。

　　欲達到靜心，須從以下幾方面著手：

　　第一，要求鑑賞者對審美對象持有一種非實用
的、非占有的審美態度。達文西認爲：「欣賞──這就
是爲著一件事物本身而愛好他，不爲旁的理由。」[24]
西德文學批評家 W. 衣沙爾則提出欣賞過程中的「非
實在化」；「所謂『非實在化』就是說，全神貫注於某
些我們脫離自己已然的實在的東西。」[25]這種「非實

在化」要求我們暫時從現實的物質世界中擺脫出來，僅僅爲審美的緣故而注目於審美對象，這樣，在瞬息之間產生一種「與世隔絕」之感，在此之前吸引著我們、對我們有著重要意義的東西突然變得無足輕重起來，從而進入一種最好的鑑賞準備狀態。

　　第二，要控制自己的感情。前邊談到，主體的情緒狀態對鑑賞有重大影響。與詩作對立的情緒固然會大大削弱鑑賞效果，就是與詩作相適應的感情也要適度。魯迅認爲感情最強烈的時候不宜作詩，恐將詩美殺掉；其實欣賞也一樣，某種感情過於強烈，就會破壞審美心境的平和，而且往往裏入實用的、功利的成分，就會完全憑感情的好惡，對與自己情感狀態一致的作品褒之過高，對不一致的作品則貶之過低，這就可能導致不公正的審美判斷。

　　第三，要創造一種宜於鑑賞的氛圍。我們的祖先對這一點是相當重視的，在欣賞嚴肅而高級的音樂時，常常要先沐浴、齋戒、焚香，然後洗耳恭聽。重視音樂素養的德國人，始終把到劇院聽音樂會或欣賞歌劇當成一件大事，要穿整齊的禮服出席，以虔誠崇敬的心情去感受音樂。不要簡單地把這些只看作單一的禮儀形式，更重要的是，這些作法可以創造一種宜

於鑑賞的氛圍，既可以造成與現實生活相應的隔絕，產生對現實的某種超脫感；又可以使讀者在這樣的氛圍中產生一種強烈的審美期待。

四、注意

(一)注意對鑑賞的作用

　　注意是主體的心理活動對一定對象的指向和集中。人們在生活中時刻都在接收大量的訊息，這些訊息都進入感覺記憶之中。為了把它們保留下來，應該進行加工，使之轉換為更為持久的形式。但由於人在同一時間內加工訊息的容量有限，所以進入感覺記憶的訊息有相當大的部分未被意識到就消失了。注意猶如一個過濾器，在訊息加工過程中對輸入的訊息起某種篩選作用。我們注意到某一事物，就意味著心理活動有選擇地集中到它的身上。

　　審美活動中的注意通常稱為審美注意，是主體的心理活動向審美對象的指向和集中。它雖然不像知覺、記憶、思維、想像那樣，可以作為審美活動的一

個獨立環節，卻貫穿於這些環節之中，是使鑑賞活動
得以順利進行的心理保障。注意在鑑賞中的作用有下
列表現。

■劃分視線的作用

　　就是從心理上把審美對象同周圍的世界劃分開
來，只注意面前的藝術品而不再注意同時存在的其他
事物。比如在劇場看戲，只注意舞台上的表演，而不
去留意旁邊坐著的觀眾；在美術館看畫展，只注意眼
前的繪畫，而不去留意展覽廳的布置；在圖書館翻開
一本詩集，只注意詩歌自身，而不去留意書架上還有
什麼書……劃分視線的作用就是某種選擇，我們把注
意力集中於審美對象，就意味著從周圍世界的多種事
物中選擇了它，而忽略了其他事物。

　　此外，劃分視線的作用又意味著把審美的眼光與
實用的眼光區分開來。日本美學家今道友信曾舉過這
樣的例子：「在我們平時走路不太注意的大樹上，纏繞
著常春藤，背後是藍藍的天空，陽光映照著綠葉。有
時，我們會被這景色所吸引，一下子停住腳步。這並
不是什麼特別的美的體驗，但我們一下子注意到那個
平常不十分注目的景色時，在那一瞬間，我們的意識

一下子脫離了行動體系，而集中於那一景色。」今道
友信把這一瞬間的日常意識的水平運動的中斷而轉向
景色意識的方位，稱作「日常意識被垂直地切斷」：「在
那一瞬間，我們在追求一個跟必要的行動體系毫無關
係的構圖。常春藤螺旋形的線與樹幹垂直的線，加之
背面的藍天與陽光的構圖。」[26]今道友信所講的我們
的精力向常春藤的轉移和集中就是審美注意，它像漆
黑的夜空中的一道探照燈光，把用日常的實用眼光難
於發現的事物的美展示出來了。

■ 維繫與組織的作用

　　注意貫穿於整個鑑賞過程，對鑑賞活動起維繫和
組織的作用。這一方面表現爲對干擾的排除。詩的鑑
賞需要一個較好的處境，但清幽安謐的院落、窗明几
淨的房間不是每個人都能得到的，相反，或置身於大
雜院，或與喧鬧的市場爲鄰，或酷熱、嚴寒難當……
倒是常常可以碰到的，在這種情況下，物理環境不是
靠個人努力而能改變的，那就只有靠高度集中注意調
整心理因素來解決了。這是對外界干擾的排除。此外
又有對內在干擾的排除。人們有時處於煩悶、盛怒、
憂鬱等情緒狀態，或耽於遐想、思緒不能收回，這都

是有損於鑑賞的正常進行的，注意則可以使心理因素
集中到自我的意識活動中來，防止思想「開小差」。另
一方面這種維繫和組織作用表現爲控制鑑賞活動始終
朝著審美的方向進行。依靠注意的集中作用，可以使
日常知覺的某個方面突現出來，成爲審美知覺；可以
抑制實用的、占有的欲望，保持審美的態度；可以克
服習慣性的被動和麻木，處於高度清醒、靈敏而又虛
靜的心態。這樣就可大大增強知覺、思維、想像、情
感等心理因素的活力，保證鑑賞活動朝著確定的目標
進行。

(二)注意的喚起與保持

　　鑑賞活動中注意的喚起與保持取決於兩種因素。
　　第一種因素是審美對象自身的特點。
　　審美對象作爲一種刺激物，要想引起主體的注
意，或者需要有相當的新奇性，或者需要有相當的刺
激強度，或者需要有主體所熟悉的某些特徵，總之，
它最好應當是具有鮮明的獨創性的藝術珍品。那種千
人一面、人云亦云、既無深邃思想，又無新穎形式的
乏味之作，是斷難引起人們注意的。

　　第二種因素是主體的努力。

　　鑑賞活動中的注意屬於有意注意，即是一種自覺的、有預定目的的、需要經過意志的努力才能產生和保持的注意。由於詩歌不是靠情節的離奇、武打的火爆、場面的鋪排等來吸引讀者，相反地，許多優秀詩作富於多層含義，草草一看難得要領，就更需要主體經過意志的努力，保持穩定的審美注意，才能使鑑賞順利進行。這種努力是多方面的，諸如：

　　第一，培養對詩歌的興趣。興趣對一個人的注意力有重要影響。人們對感興趣的對象能長時間集中注意而樂此不疲；對不感興趣的東西即使短時間的注意，也較難維持。有的讀者只對武俠、偵探小說感興趣，對任何分行寫的東西都望而生畏。對這樣的人來說，首先是提高基本藝術素養的問題；基本素養不提高，硬塞給他們一部詩集，那是活受罪。對於已具有相當基礎的詩歌愛好者來說，則是進一步開拓閱讀面、培養廣泛興趣的問題。讀詩不宜有門戶之見，不要一見不合自己口味的詩就皺起眉頭、看也不看地就翻過去；即使是與自己藝術觀念出入很大、難於產生直接興趣的詩，也應抱著研究、探討的態度去閱讀，培養間接興趣，這才能喚起並保持穩定的注意。

　　第二，自然地陶醉在詩歌之中。審美注意不同於一般日常生活的注意力的集中。日常生活的集中注意力主要靠意志的作用，帶有某種強制性。唯其有強制性就不能持久，高度集中注意一段時間後要放鬆一下。審美注意則不然，它是被藝術的美所自然吸引，是在不知不覺間沉浸到詩歌的意境中去的，此時讀者的心境如沐春風，無比酣暢，長時間地在詩國遨遊而樂不知返。

　　第三，選擇一個有利於集中注意的環境。要盡量避免環境中能分散注意力的干擾，如無關的聲音刺激與視覺刺激等。但對環境幽靜的要求也不必絕對，有時候微弱的附加刺激物，如微風吹拂下樹葉的颯颯作響、淅淅瀝瀝的雨聲、鐘表的滴答聲，不僅不會干擾人的注意，反而能促使人的精神更加集中，提高效率。反過來，絕對的寂靜無聲會讓人產生「感覺剝奪」引起的心理及生理上的不適。此外，鑑賞環境選擇好以後，最好相對固定下來，每次讀詩都處於相同的物理環境下，連讀書姿勢也保持一樣，這可以產生良性的條件反射，有利於注意力的集中。美國第十六任總統林肯只上過四個月的小學，他的學識都是刻苦自學的。他年輕時，在伊利諾州紐塞爾姆鎮開雜貨店。當

時，那個小鎮只有百十戶人家，米店裡買東西的顧客非常少。林肯便長時間地把腿蹺在櫃台上看書。他利用這段時間學到的知識，當了一名辯護律師，在他後來成為政治家的道路上邁出了第一步。林肯離開了雜貨店，他的讀書姿勢卻保持下來。當了總統，他還是喜歡把腿蹺在桌子上或搭在窗台上、弓著身子坐在椅子裡讀書。林肯的讀書姿勢不值得模仿，但習慣性的姿勢有助於提高注意力，卻可由此得到印證。

註 釋

[1]轉引自 R．G．塞斯蘭,〈鑑賞力與文明〉,見《美學譯文》
　　(1),中國社會科學出版社,1980 年版,第 205 頁。

[2]烏申斯基,《教育論文選》第二卷,轉引自伊格納基也夫等
　　著,《表象與想像的心理學研究》,科學出版社,1963 年版,
　　第 53 頁。

[3]袁枚,《隨園詩話》卷八,人民文學出版社,1960 年版,第
　　266 頁。

[4]松浦友久,〈中國古典詩的春秋與夏冬〉,見《詩探索》第 11
　　期,中國社會科學出版社,1984 年版,第 232 頁。

[5]老舍,〈讀與寫〉,見《老舍寫作生涯》,百花文藝出版社,
　　1981 年版,第 109 頁。

[6]蒲伯著,應非村譯,〈論批評〉,見《文藝論叢》第十三輯,
　　第 127 頁。

[7]《文心雕龍・知音》,見《文心雕龍注》,人民文學出版社,
　　1958 年版,第 714 頁。

[8]朱自清,《詩與哲理》,見《新詩雜話》,生活・讀書・新知
　　三聯書店,1984 年版,第 23 頁。

[9]米蓋爾・居弗海勒,《哲學與文學》,見《美學譯文》(2),
　　中國社會科學出版社,1982 年版,第 237-238 頁。

[10]見柏林布萊希特檔案館藏《日記》,第二七九卷,第 19 頁,
　　轉引自《布萊希特研究》,中國社會科學出版社,1984 年版,
　　第 324 頁。

[11]章學誠,〈文史通義・文德〉,見《中國歷代文論選》第三冊,上海古籍出版社,1980 年版,第 531 頁。

[12]王國維,〈玉谿生詩年譜會箋序〉,見《觀堂集林》,烏程蔣氏密韻樓印本,第十九卷,第 24 頁。

[13]錢鋼,《唐山大地震》,解放軍文藝出版社,1986 年版,第 4 頁。

[14]J. M. 索里與 C. W. 特爾福德,《教育心理學》,人民教育出版社,1982 年版,第 285 頁。

[15]阿諾・理德,〈藝術作品〉,見《美學譯文》(1),中國社會科學出版社,1980 年版,第 91 頁。

[16]馮夢龍,《古今譚概,顏甲部第十八》,文學古籍刊行社,1955 年版,第 748 頁。

[17]S. 阿希,〈獨立和遵從的研究:少數一個人對眾口一辭的多數人〉,參見蕭・阿・納奇拉什維里,《宣傳心理學》,新華出版社,1984 年版,第 119-120 頁。

[18]參見屠格涅夫,《回憶錄》,人民文學出版社,1962 年版,第 22 頁。

[19]朱金城,《白居易年譜》,上海古籍出版社,1982 年版,第 12-13 頁。

[20]吳亮,〈愛欲的漲落〉,見《文匯讀書周報》,1986 年 8 月 30 日。

[21]參見雨佳,〈想像片談〉,《山花》,1981 年第 8 期,第 59 頁。

[22]〈呂氏春秋・適音〉,見《中國美學史資料選編》上冊,中華書局,1980 年版,第 76 頁。

[23]白居易，〈「聽幽蘭」〉，見《白居易集》第二冊，中華書局，
　　1979 年版，第 601 頁。

[24]達文西，〈筆記〉，見《世界文學》，1961 年第 8、9 期合刊，
　　第 206 頁。

[25]W. 衣沙爾，〈閱讀過程中的被動綜合〉，見《中外文學研究
　　參考》編輯部編，《中西「比較詩學」論文選》，第 115 頁。

[26]今道友信，《關於美》，黑龍江人民出版社，1983 年版，第
　　157-158 頁。

第三章
詩歌鑑賞的心理流程

詩歌鑑賞的心理流程大致可分爲三個階段：

一、語言訊息的接收。

二、意象的顯現。

三、深層意蘊的探求。

其中，語言訊息的接收是基礎，意象的再造是橋梁，深層意蘊的探求是關鍵。

一、語言訊息的接收

詩人寫詩，需要把自己的思想、情感透過一定的聲音形式或文字形式予以物化，用語言符號表達出來；讀者讀詩則倒過來，先接觸的是語言符號，再由

這物化的形式探尋詩人流動著的思想與感情。這個道理劉勰早就講過了:「夫綴文者情動而辭發,觀文者披文以入情,沿波討源,雖幽必顯。」[1]「披文以入情」,這是鑑賞的第一步,也就是說,詩的鑑賞要從語言符號的接收開始。

(一)兩類不同性質的語言

人們運用語言的過程,是訊息的產生、傳導、接收和加工的過程。訊息需要依附一定的載體,這載體便是語言符號。符號代表著事物以及它們之間的關係。語言中每個單個的詞便是一個符號,句子則可以看成是符號系列,或者叫「符號鏈」。這樣我們便可以把語言看成是由一系列的符號以及聯結這些符號的法則所構成的系統。美國哲學家蘇珊・朗格認爲語言有兩種形式:推論性形式和表現性形式。推論性形式是指把詞排列成大家都能理解的樣式,透過這種樣式,人們可以反映出自己的各種各樣的知覺對象、概念以及知覺對象與概念之間的聯繫。但推論性的形式用途有一定限度。任何不能直接或間接地以推論形式打印在經驗中的東西,就不能以推論的方式交流,這就要訴諸另一種形式——表現性形式。法國詩人讓・貝羅

爾一九八三年來華講學時提出，可以把語言分爲消息
性語言與生成性語言。消息性語言是約定俗成的某種
思想類型的符號，是日常生活中運用的語言；生成性
語言則是由前一種語言的成分構成的第一種語言，是
一種更精鍊、更有活力的文字，它作用於生命，作用
於生命的跡象——感情，成爲生命與真理的標誌。

　　可見，由相同的語言符號與語法規則所構成的同
一民族的語言，由於功能與適應範圍的不同，又可分
成性質不同的兩類。

　　一類是實用性語言，即蘇珊‧朗格提出的推論性
形式的語言與讓‧貝羅爾所說的消息性語言。實用性
語言是在科學領域及日常生活中使用的語言，其目的
是告知，或者是敘述某一事實，如新華社一九四九年
四月二十二日電訊：「人民解放軍百萬大軍，從一千餘
里的戰線上，衝破敵陣，橫渡長江。」或者是闡明某
一道理，如達爾文在《人類的由來》中論述「人類是
怎樣從某種低級類型發展而來的」。

　　另一類是表現性語言，即蘇珊‧朗格提出的表現
性形式的語言與讓‧貝羅爾所說的生成性語言。表現
性語言是在藝術領域中使用的語言，其典型代表就是
詩的語言。詩的語言目的主要不在於告知，不是爲了

向讀者介紹某個事實或闡述某個道理，而是爲了充分
展示抒情主人公的心靈世界。人的心靈世界是那樣微
妙，不僅有大量的、可知的、能夠明確表述的意識與
觀念，也有更大量的即時性的、無意識的、模糊的內
心衝突。在人的內心深處，意識與無意識、理性與非
理性，以及喜愛與憎惡、歡樂與憂愁、尊敬與輕蔑、
希望與失望……等等情緒變化，就像不停搖動的萬花
筒一樣，瞬息萬變。這樣一種模糊的、迅速嬗變而又
無以名狀的心理體驗，用通常的實用性語言是難於表
達出來的。因而詩人們創造了詩的語言—— 一種源於
實用性語言，但又與之有明顯不同的富於表現性的語
言。這是一種高度凝鍊、純淨、富於音樂美的語言，
是一種富於象徵性、暗示性、跳躍性、具有多重含義
的語言，也是一種依賴於讀者的「解釋」因而不斷「生
成」新義的語言。特別是現代西方詩人有意識地提出
詩的語言的「陌生化」理論，也就是詩歌要選擇與日
常語言不相符合的、破壞了標準的語言規範的詞彙、
句子和語法，讓人產生陌生感，進而傳遞一種語言之
外的情緒，這種「陌生化」的主張也正是追求對在習
慣軌道上形成的實用性語言的不斷突破。

（二）詩歌語言的詞彙意義與語法意義

　　語言學家一般把語句的意義分爲三類：詞彙意義、語法意義、語用意義（或稱使用意義）。英國的文學批評家瑞恰慈在他的《實際批評》一書中，曾提出詩的語言可以區分爲四個方面，即「意思」、「情感」、「語調」與「用意」[2]。爲了簡潔一些，我們可以把詩歌語言的意義歸結爲字面意義與言外意義兩大類。這裡，字面意義又是基礎，字面意義不弄清，言外之意就無從獲得。

　　字面意義主要包括詞彙意義和語法意義。

■詩歌語言的詞彙意義

　　詞彙意義就是詞的語音形式所表達的內容，是人們對客觀對象的概括反映。它首先指的是詞的理性意義，有時理性意義上還可以附加某種色彩，如形象色彩、感情色彩、風格色彩等，因此詞彙意義基本概括了瑞恰慈所說的「意思」、「情感」的內容。

　　對詩歌語言詞彙意義的正確理解是鑑賞詩歌的最起碼要求。如果對詩句中的某些詞語不瞭解，那麼就會造成理解障礙，有時甚至是一字之差，謬以千里。

馮夢龍《古今譚概》中講過不學無術的「經生」在讀
詩中鬧的笑話：某地有兩個人在一起做官，其中一個
人稱讚晚唐詩人杜荀鶴的詩〈時世行〉寫得好，他舉
出一句「也應無計避征徭」，誰知他的這位同僚聽了大
不以為然，他說：「這詩寫錯了，野鷹什麼時候有過征
徭呢！」這位老兄昏聵得實在可以，他把詩中連用的
兩個虛字「也應」，居然當成飛禽「野鷹」。這不是他
聽力不濟，而是文化素養太差，胸無點墨使之然。

　　詩歌的詞彙意義的理解障礙尤其集中在詩歌的
典故上。我國古典詩歌用典極為普遍。有些詩人喜歡
用代字，如把月亮說成「玉兔」，把太陽說成「白駒」，
把信使說成「青鳥」，把考試落第說成「名落孫山」⋯⋯
這裡每個代字的後面都是個典故。有些讀者對詩歌產
生錯誤理解恰恰就由於不懂典故。據馮夢龍《古今譚
概》載：「元帥李其姓者，杭州庚子之圍解，頗著功勞，
一士人投之以詩，將以求焉。其詩有『黃金合鑄李將
軍』之句，李大怒曰：『吾勞苦數年，止是將軍，今年
才得元帥，乃復令我為將軍耶？』命帳下策出之。」
[3]這位李元帥打仗勇敢，但可惜胸無點墨。他不知道
「黃金合鑄李將軍」是用典，是把他比為漢朝名將飛
將軍李廣，乃是莫大的榮譽，反把那位讀書人打了出

去，實在是冤枉人了。

新詩興起以後，一些僵化的、死去的典故被廢止了，但一些有生命力的典故仍不斷在新詩人的筆下出現。如馮至的〈一個舊日的夢想〉中寫道：「想依附著鵬鳥飛翔／去和寧靜的星辰談話」，便運用了《莊子》中的典故。〈莊子・逍遙遊〉中曾描寫過一種大鵬：「北冥有魚，其名爲鯤。鯤之大，不知其幾千里也。化而爲鳥，其名爲鵬。鵬之背，不知其幾千里也；怒而飛，其翼若垂天之雲。」這正是馮至所寫的「鵬鳥」的出處了，如果不知這是用典，只把「鵬鳥」當成普通的鳥類，那麼對詩人「去和寧靜的星辰談話」的雄奇闊大的境界就不好理解了。再如呂亮耕的〈索居〉的結尾寫道：「夢回後：遠塞一聲雞——／啼濕了夢中人手繡的枕頭。」很明顯，這裡化用了南唐中主李璟的〈攤破浣溪沙・秋恨〉的詞意「細雨夢回雞塞遠，小樓吹徹玉笙寒。多少淚珠何限恨，倚欄杆」。這不僅充分顯示了詩人在蕭瑟的秋天索居的寂寞、愁苦，而且可以讓人觸發時間聯想：從古到今，志士文人們都難免發出悲秋的感慨。這可進一步引起讀者對歷史、對自然與人的關係的思索。當然，如果沒讀過李璟的詞，這些體會就無從談起了。

　　不僅是讀中國詩，讀外國詩也一樣會碰到典故，不過那是來自外國的歷史、民俗及文學著作的「洋典故」。艾略特就是喜歡用典的詩人。他的〈荒原〉引用了大量典故，分別出自古希臘神話、古羅馬詩人奧維德的《變形記》、古羅馬基督教神學家聖・奧古斯丁的《懺悔錄》、猶太教和基督教的經典《聖經》、義大利詩人但丁的《神曲》、英國劇作家基德的《西班牙悲劇》、英國詩人和劇作家莎士比亞的《哈姆雷特》、《安東尼和克莉奧佩德拉》、《暴風雨》、英國詩人史賓塞的《結婚曲》、彌爾頓的《失樂園》、法國詩人波德萊爾的《惡之花》、魏爾倫的《帕西法爾》等等，不瞭解這些典故，閱讀〈荒原〉就寸步難行。

■詩歌語言的語法意義

　　語法意義是指語言結構中語法成分和結構關係所表示的意義。瞭解了每個詞的意義，不一定就能瞭解整個句子的意義，因為詞是要按一定的結構規律組織起來的，只有弄清句子結構所傳達的語法意義，才能對語句有正確的理解。

　　就總體看，詩的語法結構是符合本民族語言的基本規律的。但由於詩歌有獨特的掌握世界的方式，詩

的語言富於高度的情感性、暗示性、**跳躍性**，再加上
分行、對仗以及押韻、平仄等格律上的限制，這又使
得詩的語法不完全同於日常口語以及散文的語法。錢
鍾書先生在《管錐編》中特別提到了「語法因文體而
有等衰」的現象：

> 西方古稱文為「解放語」，以別於詩之為「束縛
> 語」。嘗有嘲法國作者謹守韻律云：「詩如必被桎
> 梏而飛行，文卻如大自在而步行」；詩家亦慣以
> 足加鐐、手戴銬而翩翩佳步、仙仙善舞，自喻慘
> 澹經營。韻語既困羈絆而難放縱，苦繩檢而乏迴
> 旋，命筆時每恨意溢於句，字出乎韻，即非同獄
> 囚之銀鐺，亦類族人收拾行滕，物多篋小，安納
> 孔艱。無已，「上字而抑下，中詞而出外」（〈文
> 心雕龍·定勢〉），譬諸置屨加冠，削足適履。曲
> 尚容襯字，李元玉〈人天樂〉冠以「制曲枝語」，
> 謂「曲有三易」，以「可用襯字、襯語」為「第
> 一易」；詩、詞無此方便，必於窮迫中矯揉料理。
> 故歇後、倒裝，科以「文字之本」，不通欠順，
> 而在詩詞中熟見習聞，安焉若素。此無他，筆、
> 舌、韻、散之「語法程度」，各自不同，韻文視

散文得以寬限減等爾。[4]

詩歌不同於散文的語法特徵，王力先生在《漢語詩律學》中曾有詳細論述，光近體詩的特殊語法現象就歸結爲二十三種[5]。新詩衝破了舊詩格律的束縛，語言趨於口語化、散文化，其語法與散文相比距離有所縮短，但仍有明顯的不同。這特別表現在：

第一，語序的倒裝。詩人爲強調某種情思或根據分行、音韻、節奏的需要，往往自由地調整語序，像：

連鵓哨也發出成熟的音調，

過去了，那陣雨喧鬧的夏季。

（杜運燮，〈秋〉）

「過去了，那陣雨喧鬧的夏季」是「那陣雨喧鬧的夏季過去了」的倒裝。現在把謂語提前，句勢便顯得剛健，突出了夏季已過的時間意識。

第二，成分的省略。詩爲達到高度的簡約與凝鍊，達到如艾青所說：「像炸彈用無比堅硬的外殼包住暴躁的炸藥」[6]，往往把日常語言中斷不可省的成分也省掉，使詩句顯得硬朗、堅實。比如主語是陳述的對象，在日常語言中是必不可少的，即使省略，也是

有條件的；獨有詩歌可以乾乾脆脆地省去，讓讀者去意
會：

> 無端的笑，無端的痛哭，
> 生命在生活前匍伏，殘酷的買賣，
> 竟分成兩種飢渴的世界。

（唐祈，〈老妓女〉）

「無端的笑」前省去了主語「嫖客」，「無端的痛哭」
前省去了主語「妓女」，現在二者對比寫來，主語不用
點出而自明。

　　第三，詞性的轉變。在日常語言中，詞性的轉變
就像戲曲演員的「反串」一樣，本是唱青衣的卻臨時
扮演小生，偶一為之。但在詩歌中這種「反串」要普
遍得多，幾乎成為家常便飯。

> 我不騙你，我不是什麼詩人，
> 縱然我愛的是白石的堅貞，
> ……

（聞一多，〈口供〉）

「堅貞」本是形容詞，這裡轉變為名詞。此外如動詞
轉變為名詞，名詞、形容詞轉變為動詞，自動詞轉變

爲他動詞等也比比皆是。

　　第四，語句的緊縮。語句的緊縮通常分語音的緊
縮和成分的緊縮。日常用語的緊縮一般是把兩個分句
壓縮在一起，如把「這個人要是你不問他，他就不開
口」壓縮爲「這個人不問不開口」。詩歌中語言的緊縮
不僅幅度要比這大得多，而且牽涉到語法結構的調
整。如卞之琳〈距離的組織〉中的最後一行：

　　友人帶來了雪意和五點鐘。

這是句子的緊縮，意謂：五點鐘，天空中暮色蒼茫，
帶有雪意，此時友人來了。這種寫法不僅使語言高度
濃縮，而且自然地顯示出抒情主人公由於友人的來訪
而從夢境回到現實中來，意識到現在已五點鐘，天也
快要下雪了。所以詩人才會在自注中說：「這裡涉及存
在與覺識的關係。」[7]

　　總的說來，詩歌語言的詞彙與語法特點還有很
多，這裡有選擇地列出幾點，目的無非是強調，欲正
確地接收詩歌的語言訊息，必先對詩歌的詞彙與語法
特點有一定的把握。

（三）語言訊息的接收

　　讀者由感覺器官接觸語言符號，到把它識別出來，大約經過以下幾個階段。

■ 感覺登記

　　感覺登記是指來自文字符號的外界刺激被主體的視覺器官所接收，並保存一短暫的時間。詩歌的閱讀是由眼注視於文字符號開始的。閱讀中眼不停地掃描，包括注視、回歸、向前或向後的掠視。隨著眼的掃描，產生文字符號的表象，包括點、橫、豎、撇等筆畫及字的間架、結構等。在這一階段，文字的訊息以感覺的形式被保存，還沒有能得到辨認。如「井」字就被感覺為兩條橫與一豎撇一豎的交叉，此時它在感覺記憶中僅作為筆畫的空間搭配而存在，它還沒有被看成是一個字，更不能說出它的意義。經過感覺登記的訊息，如果得不到進一步加工的機會，就會自然消失；只有透過進一步加工，使感覺登記中刺激物的特徵與長時記憶中的存貯訊息聯繫起來，才能瞭解刺激物──即文字符號的意義。

■ 詞的模式識別

　　模式識別是指把經過感覺登記的訊息與貯存在長時記憶中的相關訊息進行匹配，進而能叫出它的名稱或理解它的意義，在閱讀中就是指對來自文字符號的刺激訊息進行識別。經過模式識別以後，在感覺登記中來自外界刺激物的雜亂的、原始狀態的訊息，就轉換成了對我們來說有意義的東西，而且還可以從長時記憶中誘發出與這個模式有關的更多訊息。比如我們一旦識別出「井」字，就不再簡單地只把它看成是兩橫一豎撇一豎的交叉，就會知道它的讀音是ㄐㄧㄥ（jing），意為從地面往下鑿成的能取水的深洞，即水井。還可以進一步由「水井」聯想到古制八家為一井，以及形似水井的「天井」、「礦井」、「鹽井」等等。

■ 句子加工

　　句子是由詞組成的能夠表達一個完整意思的語言單位。字、詞的識別不過是為句子加工打下基礎。讀者對言語的理解的心理過程是從句子的加工入手的。讀者在加工一個句子時，不只是理解句子本身的表面形式，而總是要對句子進行解剖，想恢復到構成句子的基本的意義單位。

　　理解，按照認知心理學的觀點，正是把離散的訊息單元組織起來，而形成大的訊息單元的過程。理解的過程也就是組塊的過程。組塊理論是 G. 米勒於一九五六年提出來的。他認為人類短時記憶容量的限度可以用「模塊」做單位去表示。人類短時記憶的限度為七個左右（7±2）的模塊，比如：一個句子由一百個字母，二十個單詞，六個短語組成，除了認識字母而根本不懂英語的人只好把這句子當作一百個單位的序列，而一個熟悉英語的人卻可以把它當作六個單位的序列，這樣輕而易舉地就可以把它們記住了。這種組塊方式可以促使主體把當前的訊息與已有的經驗聯繫起來，不僅有助於記憶，而且可以加深理解。

　　在閱讀中，讀者對詩句的理解也正是依據這一組塊原理進行的。有一定水平的詩歌讀者從不是一個字一個字地分割開來去識別、體會，而是把詩人提供的語言符號與自己的訊息貯存聯繫起來，把詩句看成若干模塊。比如唐代詩人杜牧的〈清明〉，只二十八個字，如果不點斷連排下來就是：「清明時節雨紛紛路上行人欲斷魂借問酒家何處有牧童遙指杏花村」。如果是一個只認識個別漢字，而不知詩為何物，更不懂「七絕」及其格律要求的人讀這首詩，大約他只能把這首詩分

成二十八個序列，顯然這是不能理解此詩的。但是一位有較深詩歌素養的人則不然，他會把這首詩按照「七絕」的格律要求分爲若干模塊：「清明——時節——雨紛紛，／路上——行人——欲斷魂，／借問——酒家——何處有？／牧童——遙指——杏花村。」這樣一來詩的節奏、格律、氣韻全出來了，易讀，易誦，易記。也有人模仿詞牌，曾做過另外的模塊組合：「清明——時節——雨，／紛紛——路上——行人，／欲斷魂。／借問——酒家——何處？／有——牧童——遙指／杏花村。」雖係遊戲筆墨，卻也未嘗不可。模塊組合可以有不同方式，但不管怎樣組合，都應符合詩歌結構與韻律的內在要求。如果是胡亂組合爲「清——明時——節雨——紛紛」，就完全破壞了句中的音組及五七言詩「三字尾」的格律要求，這樣的組塊不合理，也就達不到增強記憶、加深理解的目的。

　　具有不同生活經驗、文化素養的人領會詩歌字面意思時，所感到的難易的不同，主要原因就在於組塊能力的不同。一般說來，對詩歌的句型、節奏、韻律、語法特點愈熟悉的人，閱讀詩句時的組塊能力就愈強。比如何其芳〈預言〉的頭一行：

　　這一個心跳的日子終於來臨

缺乏對新詩的審美經驗、文化素養低的人，可能會把
每個字作爲一個模塊，也可能機械地追求每個模塊的
「均齊」，把十二個字組成的一句詩均勻地分成四個模
塊：「這一個——心跳的——日子終——於來臨」。顯
然這表明了他對詩句還不能正確理解。如果是熟悉新
詩節奏的人，他可能會把全句分爲相對均勻的五個模
塊：「這一個——心跳的——日子——終於——來臨」。
這種理解突出了詩的韻律給人的和諧美感。如果從意
義上再加以歸併，全句又可以分爲兩個模塊：「這一個
心跳的日子——終於來臨」，依據的是詩句的語法特
點：全句是主謂結構，句子的骨幹是「日子——來臨」。
應當說這或粗或細的不同的劃分方法，均可以從不同
角度加深對詩句的理解。

　　不僅是理解一句詩離不開組塊，而且理解詩歌的
一個小節、一個段落、乃至全首都有個組塊問題，不
過是模塊的大小有所不同罷了。節、段、篇的組塊主
要依據詩人情感發展的脈絡以及詩歌的內在結構，也
是斷不容忽視的。讀者只有在鑑賞實踐中，逐步養成
善於把繁複的語言符號組成個數較少而訊息含量較爲

豐富的模塊的能力，這樣在詩句原提供的總訊息量不變的情況下，就能因模塊數目減少而減輕記憶負擔，有助於訊息的貯存與提取，進而爲審美想像與審美探究打下基礎。

　　語言符號的接收，是詩歌鑑賞的基礎與起點，失去了它，詩的鑑賞就成了空中樓閣。但又不能僅僅停留在這一點上。倘要深入地領略詩歌的美，還要善於從抽象的語言符號喚起相應的具體意象，由語言表層的字面意義逐步體味出它深層的言外之意。

二、意象的顯現

(一)意象顯現由語言所引發

　　由詩作中接收了語言訊息，還不等於就邁進了詩國的大門；只有頭腦受語言訊息的引發浮現出相關的意象，才真正進入了審美階段。

　　詩歌審美中意象的顯現，就是康德說的「顯現審美意象」。他在《判斷力批判》中指出：「審美意象，我所指的是由想像力所形成的一種形象顯現。」[8]這

種意象的顯現也有人稱作意象的再造、意象的重建等等。

　　詩歌鑑賞中，讀者頭腦裡意象的顯現是由詩人提供的語言符號所引起的。詩人在作品中一方面提供了能喚起具體知覺表象的意象，另一方面提供了意象與意象的關係。這一切都用語言符號傳達出來。在詩歌語言的符號系統中，各類知覺意象都是間接的、不明確的、有賴於讀者再造的；而意象與意象的關係則是直接的、明確的。讀者在鑑賞中意象的顯現，就是根據詩人提供的間接的知覺意象以及直接的意象與意象之間的關係，而再造出相應的具體的知覺畫面來。這種意象的顯現又可分爲點象的顯現與面象的顯現等不同情況。

　　點象的顯現：點象又稱單純意象，詩歌中的點象不僅是詩人頭腦中對某種事物的知覺印象，而且凝結著詩人的主觀情思，是組成詩歌的藝術細胞。點象的顯現是間接的知覺意象向直接的知覺意象的轉化，比如讀顧城的〈老樹〉：

　　老樹
　　老得要命

在夜裡黑得嚇人

在詩中〈老樹〉無非是個語言符號，它是什麼樹，到底老成什麼樣子，這一切都沒有直接表示出來。但讀者受到語言符號的刺激，就會調動自己有關的表象貯存，將這棵老樹具象化。就品種說，它可能是老槐樹，也可能是老柳樹、老榆樹、老柏樹……就形態說，它可能老得只剩下稀疏的枝葉，也可能老得樹幹成了空洞……每個讀者都會有自己心目中的老樹，誰和誰的都不會完全相同。點象的顯現是面象的顯現的基礎，同時又具有相對的獨立性和完整性。有時以一個點象為基礎就可以構成一首詩，這樣的點象叫主體點象，如：

> 山峰如群兒之喧嚷，舉起他們的雙臂，想去捉天上的星星。
>
> （泰戈爾，〈飛鳥集・一二三〉）

泰戈爾的這首小詩只有一個主體點象，就是「山峰」，此詩雖也寫到了另外的點象——一如「群兒之喧嚷」是用來做比的，「天上的星星」是動作涉及的對象——它們都是為了說明主體點象的狀態而存在的。在讀詩

中，主體點象應該找準，這樣再現出來的意象才能符
合詩歌的內在規定。

　　面象的顯現：面象又稱集合意象，一般由兩個以
上的點象組成，以反映某一比較複雜的事物或表現某
種比較複雜的情緒。面象的顯現要以點象即具體的知
覺意象為基礎，同時要依據詩作中提供的意象與意象
之間的關係，這種關係提供了面象顯現的框架，不同
的點象就依照某種確定的關係組合在一起。這種組合
關係是多種多樣的。有時是對比關係，如：

　　　風吹，太行綠，
　　　雪打，燕山白。

　　　　　　　　　　　　　　（張志民，自題小照）

有時是逆反關係，如：

　　　甚至光中也有暗
　　　甚至暗中也有光

　　　　　　　　　　　　　　（艾青，〈光的贊歌〉）

有時是襯托關係，如：

　　　杜鵑花
　　　紅在半山腰

小草不來侍候

小杉樹不來作伴

蝴蝶不來獻殷勤

蜜蜂不來道賀

（冀汸，〈杜鵑花〉）

　　此外，點象之間還可以有並列關係、層進關係、遠近關係、大小關係、開合關係、奇正關係、虛實關係、動靜關係等等。讀者應先把這些關係吃透，那麼經過組合的意象就會在頭腦中形成一幅層次分明、錯落有致、濃淡相間、動靜相生、富有立體感和縱深感的畫面了。

（二）意象顯現在語言之外

　　詩人在他的作品中展現了一個烙印著他的靈魂、閃耀著個性光輝的美妙而瑰麗的世界。這一世界物化在語言之中。讀者要進入這一世界，必先透過這物化的形式——語言。語言文字本是一種符號，拼音文字本身無形象性已無疑義，但中外有些學者很強調方塊漢字自身的形象性，像詩人朱湘在一篇散文中就曾經對漢字的形象性做過描寫：「那一個個正方的形

狀，美麗的單字，每個字的構成，都是一首詩；每個
字的沿革，都是一部歷史。飆是三條狗的風：在秋高
草枯的曠野上，天上是一片青，地上是一片赭，中疾
的獵犬風一般快的馳過，嗅著受傷之獸在草中滴下的
血腥，順了方向追去，聽到枯草颯索的響，有如秋風
捲過去一般。昏是婚的古字：在太陽下了山，對面不
見人的時候，有一群人騎著馬，擎著紅光閃閃的火把，
悄悄向一個人家走近。等著到了竹籬柴門之旁的時
候，在狗吠聲中，趁著門還未閉，一聲喊齊擁而入，
讓新郎從打麥場上挾起驚呼的新娘打馬而回。同來的
人則抵擋著新娘的父兄，做個不打不成交的親家。」
[9]朱湘不愧是詩人，一個普通的方塊漢字，竟能引發
他那麼生動而豐富的想像。實際上他不是講解漢字，
而是藉漢字的由頭來寫詩。一般人則著眼於文字的交
際功能，只把方塊漢字看成一個個符號而已。讀到
「飆」，只知道是暴風，未必能想到三條獵犬在秋高草
枯的曠野上奔馳；談到「昏」，只知道是黃昏或神智不
清、認識糊塗，未必會想到古代的搶親風俗。漢字中
儘管還有少數象形字，尚能夠以字溯形，如「水」、
「月」、「目」、「車」、「馬」等字，但是占漢字總數百
分之八十的形聲字，以及假借字、會意字、指事字等，

都不是直接表形的。由此看來,作為交際工具的漢字與各種拼音文字在性質與功能上並無本質區別,漢字也不過是一種符號,本身並無形象性可言。這就可以說明:欣賞詩歌時,讀者頭腦中顯像出的意思不是來自於文字符號的形態自身,而是經過文字符號刺激後在頭腦中出現的表象活動,是在語言之外。

　　這種語言之外的意象活動,在文藝欣賞中是普遍存在的。英國美學家科林伍德認為:「我們所傾聽的音樂並不是聽到的聲音,而是由聽者的想像力用各種方式加以修補過的那種聲音。」[10]黑格爾也提出:詩歌語言的真正本源就不應該在詞的選擇當中,和在把詞組合成分句、複句的方法當中找到,甚至也不應該在詩的音響、節奏、韻律等當中去尋求,而應該在復現表象的模式當中找到。我國作家葉聖陶提出讀詩不僅要睜開眼睛看文字,更要在想像中睜開眼睛看由文字觸發而構成的畫面。他曾經以王維〈使至塞上〉中的「大漠孤煙直,長河落日圓」兩句為例談到這點:

　　　　要領會這兩句詩,得睜開眼睛來看。看到的只是
　　　　十個文字呀。不錯,我該說得清楚一點:在想像
　　　　中睜開眼睛來,看這十個文字所構成的一幅圖

畫。這幅圖畫簡單得很，景物只選四樣：大漠、長河，孤煙、落日，傳出北方曠遠荒涼的印象。給「孤煙」加上個「直」字，見得沒有一絲的風，當然也沒有風聲，於是更來了個靜寂的印象。給「落日」加上個「圓」字，並不是說唯有「落日」才「圓」，而是說「落日」掛在地平線上的時候才見得「圓」。圓圓的一輪「落日」不聲不響地襯托在「長河」的背後，這又是多麼靜寂的境界啊！一個「直」，一個「圓」，在圖畫方面說起來，都是簡單的線條，和那曠遠荒涼的大漠、長河、孤煙、落日正相配合，構成通體的一致。像這樣驅遣著想像來看，這一幅圖畫就顯現在眼前了……假如死盯著文字而不能從文字看出一幅圖畫來，就感受不到這種愉快了。[11]

由此可見，意象的顯現雖要植根於語言，但又是在語言之外展開的。這就使得讀者的再創造成為可能：讀者面前呈現的不再是按一定語法規則排列的、具有一定聲音和意義的詞彙，而是染有情感色彩的、一系列的聽覺、視覺、觸覺、運動覺乃至嗅覺、味覺的表象。由於不再受語言的羈絆，讀者的想像可以凌

空而起，乘風翱翔。他手中彷彿有一根魔杖，不僅使
語言符號轉化爲活靈活現的表象，而且可以有所發
展，點化出一個又一個新的表象，進而使詩人植在詩
行中的種子成長爲一棵棵參天大樹，使詩歌的萬花筒
中的玻璃屑呈現出變幻無窮的圖案。

（三）制約意象顯現的因素

讀者閱讀時頭腦中浮現相應的表象，不是漫無邊
際的自由聯想，要受如下因素的制約。

■受詩作提供的「再造條件」的制約

詩人寫詩與讀者讀詩都需要想像，但詩人的想像
是無所依傍、天馬行空、高度自由的，屬於創造想像；
讀者的想像雖也允許有一定的創造想像成分，但本質
上是一種再造想像，只能依據詩人的語言描繪，在頭
腦中浮現相關的表象，這是一種有條件的想像，遠沒
有詩人那樣自由。一首詩發表以後就成了不以作者意
志爲轉移的客觀存在，它的內容與形式固定下來，它
爲讀者提供的「再造條件」也就固定下來。因此不同
讀者讀同一首詩雖然會染上自己的色彩，但眼前浮現
的表象卻不會相差過於懸殊。讀了〈陌上桑〉，不同的

讀者再造出的羅敷的形象會有所不同，但必然都是聰慧美麗、自重自尊的女子，而絕不可能是河東獅吼的悍婦。讀了王維的〈鳥鳴澗〉，讀者想像出的畫面也會各有特色，但總歸不會離開幽靜的山澗、寂寞的山月、飄落的桂花、鳴叫的山鳥等，與王維同時代的人不會想像成熱鬧的長安城，今天的讀者也不會想像成車水馬龍的王府井。再如讀艾青的〈乞丐〉：

> 在北方
> 乞丐用固執的眼
> 凝視著你
> 看你在吃任何食物
> 和你用指甲剔牙齒的樣子
> 在北方
> 乞丐伸著永不縮回的手
> 烏黑的手
> 要求施捨一個銅子
> 向任何人
> 甚至那掏不出一個銅子的兵士

讀者眼前浮現的乞丐的眼光和伸手的姿勢儘管可以千姿百態，有所不同，但乞丐凝視著別人吃東西的「固

執的眼」，絕不會是沉浸在歡樂謔笑中的「醉眼」；乞
丐的永不縮回的「烏黑的手」，也絕不可能是修長白嫩
的「纖筍」。這就是說，在意象顯現的過程中，讀者儘
管可以對詩人提供的意象予以豐富補充、進行再創
造，但不能改變審美對象的質的規定性。

■ 受讀者的生活經驗的制約

　　不同的讀者讀相同的詩，其意象的顯現既有共同
的一面，又有異態紛呈的一面。後者主要受讀者的生
活經驗等主觀條件的制約。

　　生活經驗對意象的顯現的影響極為明顯。詩人在
作品中提供的是語言符號，讀者要使符號轉化為形
象，必須要提取自己在長期生活中積累起來的表象訊
息貯存。心理學家早就告訴我們，在某一時間、某一
地點，人們知覺某一事物的時候，絕對有賴於以往的
歷史：「一個人看到什麼，既取決於他所看到的對象，
也取決於先前先有的視覺——概念經驗引導他如何去
看。」[12]人們知覺一般事物尚不能脫離以前的經驗，
更何況是閱讀那些語言符號！讀者對詩作中意象的顯
現清晰與否、準確與否，主要取決於自己的生活經驗
中是否有相應的表象貯存。在魯迅的小說〈故鄉〉中，

閏土曾對小說中的「我」講起過一種海邊的動物——猹:「月亮地下,你聽,啦啦的響了,猹在咬瓜了。」「我」是個小孩子,缺乏海邊生活的經驗,所以他聽了閏土的描述後,腦海中顯現的猹的表象便是模糊不清的:「我那時並不知道這所謂猹的是怎麼一件東西——便是現在也沒有知道——只是無端的覺得狀如小狗而很凶猛。」很明顯,「我」的頭腦中顯現的猹的表象與閏土描寫的猹出入是不小的,這便是由於生活經驗不同的緣故。詩歌中由於詩人提供的「再造條件」更為簡約、含蓄,不可能像敘事性文學作品一樣對意象展開描繪,因此閱讀時意象的顯現對讀者的經驗和知識依賴就更大些。比如讀流沙河〈就是那一隻蟋蟀〉:

　　就是那一隻蟋蟀

　　鋼翅響拍著金風

　　一跳跳過了海峽

　　從台北上空悄悄降落

　　落在你的院子裡

　　夜夜唱歌

　　……

詩人寫蟋蟀,沒有像蒲松齡在《聊齋志異》中諸如「巨

身修尾，青項金翅」以及蟋蟀動作的詳盡描寫，他給讀者提供的「再造條件」是相當簡略的，讀者只有依據自己生活經驗中貯存的蟋蟀的表象，才能使之再現出來。但讀者的情況又不同，如果有過養蟋蟀、鬥蟋蟀生活經驗的人，他頭腦中浮現的蟋蟀或是青絲額，或是紅麻頭，或是梅花翅，或是白牙青……其表象鮮明而具體；如果是從沒見過蟋蟀、連蟋蟀叫聲也不熟悉的孩子，他腦海中顯現的表象就必然是模糊不清的了。

三、深層意蘊的探求

詩歌的鑑賞，不僅語言訊息的接收僅僅是開端，就是意象的顯現也還只是個中介。只有透過對意象的再體驗、再思考，進一步捕捉到詩歌的深層內涵，無窮盡地體味詩歌的內在生命，這才是真正意義上的鑑賞。

(一)詩歌語言符號的「能指」與「所指」

按照瑞士語言學家德・索緒爾的說法，語言符號

是一種兩面的心理實體，由概念和音響形象結合而成。他把語言符號的概念部分稱爲「所指」，把語言符號的音響形象部分稱爲「能指」[13]。索緒爾對語言符號的「所指」與「能指」所做的區分，對當代符號學有重要影響。符號學認爲：每個語言符號都是由「能指」和「所指」兩個層次所組成的，「能指」即「指示層次」，「所指」即「內涵層次」。在不同類型的語言中，指示層次與內涵層次的關係也有所不同。在科學語言的符號系統中，指示層次與內涵層次關係是直接的、明確的，是一一吻合的。在詩歌語言的符號系統中，指示層次與內涵層次的關係就不那麼單一了。蘇珊·朗格認爲：「語言是詩的材料，但用這種材料構成的東西又不同於普通的語言材料構成的東西；因爲詩從根求上說來就不同於普通的會話語言，詩人用語言創造出來的東西是一種關於事件、人物、情感反應、經驗、地點和生活狀況的幻象。」[14]在詩歌中，語言所提供的只是一種「幻象」，它不能夠也無須乎同生活中真實存在的事物與人物等同與對應。詩歌語言的指示層次與內涵層次的關係不是直接的、單一的、一一對應的，而往往是間接的、多義的、不確定的，讀者欣賞詩歌的時候，對語言的指示層次不難理解，但對詩歌的內

涵層次的把握就不是那麼容易了。比如我們讀俄羅斯
詩人葉賽寧的〈奶牛〉：

　　　衰老了，牙齒已脫落，
　　　歲月的印記刻在雙角。
　　　在牧放的草地上
　　　粗暴的牧人曾多次把它抽打。

　　　喧囂使它心中不適，
　　　耗子正在角落裡連抓帶撓。
　　　它傷心地思念著
　　　那隻白蹄的小牝犢。

　　　把兒子從母親身邊奪走，
　　　產後的初歡還有什麼意義？
　　　它被拴在白楊樹下的木樁上，
　　　冷風撕痛著它的毛皮。

　　　不用多久，在飄著蕎麥香的風中，
　　　和兒子將來的命運一樣，
　　　人們會把繩索套到它的頸上，
　　　然後送它到屠宰場。

它悔恨，憂鬱而無力地

把雙角刺入泥土……

它夢見白色的叢林

還有青草肥美的牧場。

（劉湛秋譯）

這首詩的指示層次，即「能指」是很清楚的，詩人寫
的是一頭衰老的、不久就要被送進屠宰場的老奶牛。
但它的內涵層次，即「所指」是什麼？難道就是用詩
來爲這頭老奶牛畫像嗎？顯然不是，此時如果我們聯
想葉賽寧從小生活在農村，熱愛農民，以及他寫作這
首詩的一九一五年前後俄國的社會狀況，經過一番思
考，便可以體味出此詩是以奶牛作爲俄羅斯農民的象
徵，奶牛的不幸遭遇正暗示著俄羅斯農民的悲慘命
運，奶牛痛苦的自語也正寄寓著俄羅斯農民悲憤的呼
喊。由於詩歌的深層內涵並沒有和盤托出，它的指示
層次——奶牛的悲慘命運也可能會使不同的讀者產生
不同的聯想：帝俄時代的俄羅斯的地位低下的小職
員，明治年間日本繅絲廠的女工，一九三〇年代上海
紗廠的包身工……似乎都與葉賽寧筆下的這頭奶牛有
某些相同之處，進而顯示了優秀詩作的內涵層次的不

可窮盡性。

(二)深層意蘊的特徵

　　詩歌的深層意蘊，就是滲透在詩歌藝術形象中的哲理心理內涵。這種內涵往往難於用抽象的語言表達，而體現爲一種意味，它往往是集體潛意識和人性最隱秘部分的流露，是詩人在對歷史和現實的考察中體味出的某種人生精義，是對未來的某種預言。深層意蘊是詩歌的內在生命與靈魂，是詩人燃燒自我後開放的奇葩，它體現了詩歌的最高旨趣與價值。

　　詩歌的深層意蘊不同於實用性文體中的「中心思想」，它具有如下的特點：

■不可描述性

　　大詩人勃朗寧應邀參加宴會，坐在他旁邊的一位青年女士想要顯示一下她對勃朗寧的詩的知識，她說：「勃朗寧先生，在你的一首詩中我不能理解其中的一行。」她背誦了這一行詩，然後請他解釋它的意思。勃朗寧的回答是：「親愛的女士，在我寫這一行詩的時候，上帝和我知道它是什麼意思；現在，只有上帝才知道了。」[15]

　　無獨有偶。有人請美國詩人羅伯特・弗羅斯特解釋一下他的某首詩的意義，他回答說：「你們要我做什麼——用蹩腳些的英語重述一遍嗎？」

　　絕不能認爲勃朗寧和弗羅斯特是故作姿態。他們說的是實話。優秀詩篇的深層意蘊是很難用通常的語言描述出來的。

　　對詩歌深層意蘊的理解，有些近乎對音樂的理解。音樂，尤其是無標題的音樂，所表達的感情往往是可意會、不可言傳的。美國當代音樂家艾倫・科普蘭曾態度鮮明地指出：

> 　　全部問題可以用下面的問答式簡單地加以說明：「音樂有含義嗎？」我的回答是：「有的。」「你能用言語把這種含義說清楚嗎？」我的回答是：「不能。」這就是癥結所在。
>
> 　　那些頭腦簡單的人對第二個問題的回答永遠不會感到滿意。他們總是希望音樂具有一種含義，這種含義愈具體，他們就愈喜愛它。愈能使他們想起一列火車、一場風暴、一次葬禮或任何其他比較熟悉的概念的樂曲，他們就愈覺得富有表現力。這種對音樂具有涵義的流行概念——通常是

　　由普通的音樂評論員激發和唆使的——應該隨時
隨地給以糾正。[16]

　　在所有的文學形式中，詩與音樂是最接近的。詩
歌往往不是講述一個故事、塑造一個人物、描寫一個
場面，而是透過某種意象以及意象的組合展示自己的
內心世界、抒發自己的某種感情。它的情節性最弱，
抒情性最強，比起敘事性散文作品來，要虛得多、空
靈得多。詩與音樂性質的接近，使得對它們的欣賞方
式也有某些相通之處。艾倫·科普蘭認為音樂有含
義，但說不清楚。其實讀詩也常有這種感覺。讀詩，
特別是讀那些意蘊深邃、意味雋永的大家之作，其感
觸很像聽音樂。那奇妙、瑰麗而富於變化的意象，那
反映著詩人心靈顫動的內在節奏，就像一串串優美而
有力的音符，打入你的內心深處，使你感到激動、興
奮、酣暢、熨貼……但是當你想用語言把它描繪出來，
你卻感到力不從心了。這正是由於詩給人的美感，超
越感性而又不離開感性，趨向概念卻又難於用確切的
概念來傳達。康德在談審美意象的顯現時講道：「在這
種形象的顯現裡面，可以使人想起許多思想，然而，
又沒有任何明確的思想或概念與之完全相適應。因

此，語言就永遠找不到恰當的詞來表達它，使之變得完全明白易懂。」[17]我國古代的詩人和詩論家也早就意識到這點了。唐代詩人司空圖在《詩品》中高標「不著一字，盡得風流」[18]。宋代詩人嚴羽在《滄浪詩話》中強調，盛唐詩人的特點在於「羚羊掛角，無跡可求。故其妙處透徹玲瓏，不可湊泊，如空中之音，相中之色，水中之月，鏡中之像，言有盡而意無窮」[19]。清代詩人翁方綱在《石洲詩話》中則肯定了司空圖和嚴羽的說法：「唐詩妙境在虛處……盛唐諸公，全在境象超詣，所以司空表聖《二十四品》及嚴儀卿以禪喻詩之說，誠為後人讀唐詩之準的。」[20]與此相近的還有清代詩人袁枚強調的「神悟」：「鳥啼花落，皆與神通。人不能悟，付之飄風。惟我詩人，眾妙扶智。但見性情，不著文字。」[21]

前人的這些話表明，詩的深層意蘊總是在可喻不可喻、可言不可言之間，是很難用抽象的概念予以概括並加以傳達的。這樣，我們也就可以清楚，不能說讀詩一定要把意象與某一確定的理念或概念聯繫起來，一定要確切地指出這首詩的中心思想是什麼，一定要把每個意象有什麼含義一一回答出來，而且只有把這些問題一一回答出來了，才叫作讀「懂」了；實

際上恰恰相反，應該說這樣很可能倒沒有真懂。因為這樣的讀者不知道，真正的好詩所蘊含的哲理心理內涵，正如錢鍾書先生在《談藝錄》中所指出的，理之在詩，如水中鹽，蜜中花，體匿性存，無痕有味。也就是說，正像鹽溶於水中、花粉釀於蜜中，它們的形態不見了，但能嘗到味道。優秀詩作的深層意蘊也只能由讀者自己去品味，而不能加以言傳的。誰若想把它們用明確的語言傳達出來，就難免會做蠢事，費力而不討好。

　　加拿大哥倫比亞大學葉嘉瑩教授酷愛李商隱的詩。她認為李商隱的純以感性意象組成的詩雖不可確解，卻可以確感。對這種不屬於理念但憑意象組成的詩，偏要以理念來解說，本來就是不可能，也是沒有必要的。她在長篇論文〈舊詩新演〉中對李商隱的〈燕台四首〉進行了探尋之後，把李商隱與奧地利作家卡夫卡做了比較。她認為卡夫卡把創作視為「我夢幻般的內在生活之表現」，因而對卡夫卡的小說不能以理性去領悟，光是個內容概要是沒有多大作用的，必須竭盡心力去體會卡夫卡作品中的象徵性和語言造型。李商隱的〈燕台四首〉，也正是屬於這一類的作品。他所寫的同樣只是一種夢幻般的內在生活。讀者並不能以

理性去瞭解，而只當以心靈去追蹤體悟其內在的象徵
性，以及其外在的語言的藝術性[22]。

　　其實不只讀李商隱的作品，就是讀當代人的詩
作，也應避免用抽象的概念對詩的內在意蘊做簡單化
的概括。比如讀舒婷的〈往事二三〉：

　　　一只打翻的酒盅
　　　石路在月光下浮動
　　　青草壓倒的地方
　　　遺落一枝映山紅

　　　桉樹林旋轉起來
　　　繁星拼成了萬花筒
　　　生鏽的鐵錨上
　　　眼睛倒映出暈眩的天空

　　　以豎起的書本擋住燭光
　　　手指輕輕銜在口中
　　　在脆薄的寂靜裡
　　　做半明半昧的夢

　　　　　　　　　　一九七八年五月二十三日

　　全詩沒有任何理性的直接流露，純以幾個並置意

象組合而成，頗近乎李商隱的那種「有確感而無確解」
之作。如果我們注意到寫作時間是一九七八年五月，
再加上題目上標明是「往事」，我們不難判定這是抒寫
十年浩劫中詩人心靈的某種經歷。在那人妖顛倒的時
代，一切都錯亂了，詩人的感覺似乎也是眩暈的，在
詩行中隱約透露出來的是某種迷惘感、失落感、夢幻
感……每個讀者都可以結合自己在十年浩劫中的遭遇
去細細品味，卻很難用明確的語言把這首詩的深層意
蘊全部概括出來。至於「打翻的酒盅」、「遺落的映山
紅」、「旋轉的桉樹林」、「生鏽的鐵錨」等意象，恐怕
也不宜一一坐實，指派它們分別象徵什麼。一旦用明
確的政治術語來一一解釋它們，詩歌的味之不盡的深
層意蘊就會消失殆盡。

■ **不確定性**

　　鳥兒在疾風中
　　迅速轉向

　　少年去撿拾
　　一枚分幣

　　葡萄藤因幻想

而延伸的觸絲

海浪因退縮
而聳起的背脊

　　以上所引是顧城的小詩〈弧線〉。此詩在《詩刊》一九八○年第十期發表後，讀者與評論家們七嘴八舌，其說不一。有的認為〈弧線〉是四個簡單的幾何圖形的並列，本身並無深意。有的認為〈弧線〉的手法是非現實的，寄寓了作者孤寂而蒼涼的心緒。有的認為〈弧線〉是哲理詩，企圖說明一切事物都要在弧形的曲線中運行，才能不斷前進。也有的認為〈弧線〉反映出「文化大革命」時期形形色色的人的價值觀：「鳥兒轉向」是諷刺風派人物；「少年撿拾分幣」是說人不值錢；「葡萄藤延伸」是諷刺向上爬；「海浪退縮」是針砭膽小鬼……鑑於讀者和評論界的爭論不休，顧城在《星星》一九八一年第十期上發表〈關於〈小詩六首〉的通信〉，提出自己的「理性注釋」。關於〈弧線〉，他是這樣講的：〈弧線〉外表看是動物、植物、人類社會、物質世界的四個剪接畫面，用一個共同的『弧線』相連，似在說：一切運動、一切進取和退避，都是採用〈弧線〉的形式。在潛在內容上，〈弧線〉卻有一種

疊加在一起的讚美和嘲諷：對其中展現的自然美是讚嘆的，對其中隱含的社會現象是嘲諷的。」那麼顧城的「理性注釋」是否就能把大家的認識統一起來了呢？恐怕未必。顧城的話充其量也不過是詩人一家之言，而作品一旦發表，公之於社會，每個人都有闡釋的自由。相信圍繞小詩〈弧線〉的爭論還會繼續下去的，誰也說服不了誰，也無須做結論。

　　對〈弧線〉一詩的不同理解，反映了詩歌深層意蘊的不確定性。

　　這種不確定性的產生基礎在於詩歌是一種開放的結構，存在著多種闡釋的可能性。詩的語言系統不是直接的陳述，而是對極為微妙的心靈體驗的暗示。在詩的語言符號的「能指」與「所指」之間，有著更大的落差，在看似明確、單一的語言符號後邊蘊藏著多種可能的選擇。法國象徵派詩人馬拉美曾寫下這樣的詩行：

　　過分精確的意義
　　會使你那模糊的文學變得面目全非

英國詩人和批評家恩普森曾針對詩歌語言的模糊性，寫有《七種模糊》一書，指出：詩歌中增加邏輯混亂

的那些階段，是同隱喻語言的日益強烈聯繫在一起的，也是同詩人本身那種狂放精神日益戲劇性的分裂聯繫在一起的。恩普森談的是西方現代詩歌的語言，我國新詩的語言情況與此有很大不同。但近年來，一些有現代傾向的詩發展很快，這種現代詩在語言上表現爲象徵性、暗示性增強，高速跳躍，擺脫現實的時空與邏輯的束縛，追求詩的彈性與力度等等，這一切進一步加強了詩歌深層意蘊的不確定性。

詩歌深層意蘊的不確定性又是透過讀者的鑑賞而表現出來的。劉勰在《文心雕龍》中早就指出：「夫篇章雜沓，質文交加，知多偏好，人莫圓該。慷慨者逆聲而擊節，蘊藉者見密而高蹈，浮慧者觀綺而躍心，愛奇者聞詭而驚聽。會己則嗟諷，異我則沮棄，各執一隅之解，欲擬萬端之變。」[23]清代詩論家薛雪也以對杜甫詩的欣賞爲例談到過這點：「杜少陵詩，止可讀，不可解……兵家讀之爲兵，道家讀之爲道，治天下國家者讀之爲政，無往不可。所以解之者不下數百家，總無全璧。」[24]這是由於對同一首詩來說，它的「能指」雖然是不變的，但它的「所指」卻是由不同的讀者的解釋而決定的，這就必然會出現「仁者見之謂之仁，智者見之謂之智」的狀況。

　　詩歌深層意蘊的不確定性不僅不會妨礙鑑賞，而且它恰恰可以成爲聯結詩人的創作意識與讀者的接受意識的橋梁，因爲意義的不確定給讀者提供了這樣的可能，把作品與自己的生活經驗和心理體驗聯繫起來，進而觸發出多種意義的反思。一般說來，一部作品包含的不確定因素愈多，給讀者提供的再創造餘地也就愈大，這樣的作品就容易經受得住不同時代不同讀者的檢驗，進而在文學史上流傳下來。

　　當然，對詩歌深層意蘊的不確定性也不宜強調過頭。那種認爲讀者可以不受任何限制、隨心所欲地做出解釋，根本無視詩作本文的客觀性的作法，無疑是過於偏激了。實際上，詩歌深層意蘊的不確定性當中又有一定的確定性。這是由鑑賞的基本特徵決定的。鑑賞不是憑空創造，它需要有審美對象即詩作。詩作一旦發表，便成爲物化的文獻資料。不管時代怎樣流逝，讀者的文化素養、年齡結構有什麼變化，作品的總體面貌與內涵的基本意義是不可能改變的。讀者讀詩可以有不同的會心、不同的體驗、不同的聯想，這是「不確定」的方面；但是只要是讀同一首詩，總會感受到共同的基調、共同的脈搏，體會出相同或相近的詩味。比如讀「大江東去」感到一種雄渾的氣勢，

讀「楊柳岸曉風殘月」感到一種婉約的情懷，而絕不會反過來，由「大江東去」感到婉約，由「楊柳岸曉風殘月」感到雄渾。這表明讀者對深層意蘊的探尋，有形無形總要受詩人的「指向」與「意圖」的影響，這又是詩歌審美的確定性的一面。打個比方，詩歌的本文好比一條河水，讀者的闡釋好比是在主河道兩旁開掘的支流。支流的河道流向及寬窄各不相同，是不確定的；但支流的水卻都來自主河道，又有其確定性。

■不可窮盡性

詩人、文學評論家黃藥眠說過：「讀了一首好詩，我們常常有從有限到無限的感覺。直同中國詩所說『天長地久有時盡，此恨綿綿無絕期』的那種情形。」[25]日本的文學評論家小泉八雲也曾把詩歌比成寺鐘的一擊，那縷縷的幽遠的餘韻，可以在聽者心中長久地波動。

黃藥眠和小泉八雲在這裡指出了詩歌深層意蘊的又一特徵，即不可窮盡性。

不可窮盡性與上文談的不確定性有密切聯繫，二者互為表裡，各有側重。不確定性是以共時語言學的角度談的，強調的是同時並存的諸種解釋；不可窮盡

性是從歷時語言學的角度談的，強調的是同一首詩可
以經得住不同時代的讀者或同一讀者在不同時期的檢
驗，歷久長新。

　　詩歌深層意蘊的不可窮盡性一方面來自於詩歌
自身的「意義容量」。凡優秀詩作一般都不是平面展開
的，而往往具有多個層面；這不同層面之間又互相交
織與折射，進而使詩歌衍生出不同的含義來。正像一
道包含有無窮解的方程式一樣，每個解都是方程式自
身所具有的，而不是出於解題者純主觀的想像。另一
方面這種不可窮盡性也只有在讀者的審美活動中才能
顯示出來，不同時代的讀者讀同一首詩，由於生活環
境、文化傳統、藝術觀念、鑑賞心境等的不同，會形
成不同的審美期待，進而在詩歌中會有全然不同的發
現。《詩經》中的〈關雎〉，〈毛詩序〉的作者看出是歌
詠「后妃之德」；漢初的申培公發現這是大臣（畢公）
刺周康王好色晏起之作；現代讀者則認為這是一首描
寫男女青年戀愛的抒情詩。一八五五年，當美國詩人
惠特曼自費出版《草葉集》的時候，他立即陷入清教
主義衛道士的包圍之中。有人說他「像一個從瘋人院
裡逃出的可憐的狂人在那裡胡言亂語」，有人則挖苦
說：「豬不懂得數學，惠特曼不懂得藝術。」但由於《草

葉集》以「人」爲出發點，創造了一種新型的、健康的、心胸開闊並永遠樂觀、有崇高的理想和勞動創造的手的惠特曼式的人的形象，惠特曼不僅被美國人民引爲驕傲，而且也得到了不同時代各個民族讀者的喜愛。史達林在一封信裡曾引用了惠特曼的詩句:「美國人惠特曼十分確切地表達了我們的哲學:『我們活著！未用盡的力量的火焰使我們的鮮血沸騰。』」郭沫若也講過他在大學二年級時，和惠特曼的《草葉集》接近了起來，他那豪放的詩調使我開了閘的作詩欲又受了一陣暴風雨的煽動。」直到今天，《草葉集》還在哺育著我國的青年詩人，像顧城、江河都不止一次強調過惠特曼對他們的影響。這是從不同時代不同讀者對同一作品不斷有新的理解和發現，來看詩歌意蘊的不可窮盡性。此外我們還要指出同一讀者對詩歌的反覆欣賞，也不是單一的心理過程的機械重複。讀者的審美心理結構不是凝固不變的，它隨著讀者年齡的增長、生活閱歷的豐富、審美經驗的充實而不斷進行相應的調整。他在每次閱讀時，都可以根據當時的審美需要與審美情境，適當改變參照系統，調整思維路線。這樣，每一次欣賞都可以有新的因素去介入審美效應，每一次欣賞都可以觸發新的聯想，獲得新的意義。當

然這新的意義的獲得不宜看作是對已有意義的否定，而應看成是對已有意義的豐富與充實，詩的深層意蘊就在這多種意義的不斷發現中逐步被揭示出來，然而又永遠不可能窮盡。

(三)深層意蘊的探求

■準備性的探求

　　詩歌深層意蘊的核心是詩的象徵意蘊。爲探求象徵意蘊，不能不做必要的準備。這可以稱作準備性的探求。

　　準備性探求包括的範圍很廣。下面略談談比較重要的方面。

　　對詩人的探求。既包括對詩人的生活道路、政治態度和世界觀的考察，又包括對詩人的氣質類型、個性特徵、創作驅力等心理因素的探尋，而後者在我國若干年來往往爲評論家所忽視。

　　對環境的探求。既包括詩人在現實中所處的物理環境，又包括詩人在詩歌中展示的心理環境，後者是前者的折射與投影。現代社會的人類環境不是單一的結構，而是自然界、技術與文化三個方面的複合體，

應予綜合的考察。

對詩作的探求。即對構成詩作的各個系統有透闢的瞭解，以爲象徵意蘊的探尋打下基礎，這是準備性探求的重點，又可細分爲：

傳達媒介的探求——詩的傳達媒介是語言，對語言的探究不應停留在字典詮釋式的狹隘理解上，重要的是開掘語言的深層結構，探討詩歌是如何透過有限手段——有限的語言、詞彙，有限的組合規則，去表現無限寬廣的人的心靈世界的。

意象的探求——意象是詩人與讀者情感交流的載體。詩人微妙的情思透過他精心選擇與加工的意象滲透出來，讀者也只有先讓意象在自己頭腦中顯現出來，才能領略詩人的情感與意圖。對意象的探求，重點是對意象基本含義的理解，這是對詩歌由感性直觀到理性思考的過渡，此外還包括對意象的結構、意象的種類的分析以及對意象運動規律的探討。

表現手法的探求——表現手法是爲內容服務的，有什麼樣的深層內涵就會要求什麼樣的表現形式。因此對表現手法的探求不僅可以提高對詩歌的藝術上的把握能力，而且可以尋覓出詩歌的深層結構運動的軌跡。表現手法的探求包括對詩作中運用的時空技巧、

運動技巧、結構技巧、建行技巧的考察，以及詩作中
體現出來的虛實、形神、動靜、曲直、疏密、斷續、
開合、張弛、正反、抑揚、整散、藏露等辯證關係的
探求。

　　準備性探求涉及的內容還很多，不可能一一例
舉。當然，具體到欣賞一首詩的時候，只要從中選取
與該詩關係最大的內容進行準備就行了，不可能也不
必要逐條去準備。但是只要我們在準備階段下足了功
夫，象徵意蘊的獲得就水到渠成了。

■象徵意蘊的探求

　　象徵意蘊就是作為整體象徵的詩歌在具體意象
裡面貫注的精神內容。它是詩人生命燃燒的火花，是
作品內在的靈魂。美國文藝理論家桑塔雅納指出：「看
得見的景象還不是詩歌真正的客體。」「還有一種超越
可見界線的、視覺綜合力不能捕捉的景象。」[26]這種
景象指的就是象徵意蘊了。

　　象徵意蘊按其內容的範圍，又有群體象徵意蘊與
個體象徵意蘊之分。

　　群體象徵意蘊指約定俗成的、社會群體一致承認
並共同使用的象徵體所蘊含的內容。如春草象徵著生

機，並蒂蓮象徵著愛情，骷髏象徵著死亡，斧頭鐮刀象徵著工農等等。群體象徵是在一定的民族、一定的地域、一定的文化傳統的作用下形成的，它的基本含義已盡人皆知。詩歌中是有大量群體象徵的，但一般也只限於它的詞彙意義的使用了。

　　個體象徵意蘊是作家根據所傳達的思想內容的需要，而臨時找到的象徵體所蘊含的內容。個體象徵意味著詩人的成熟與獨立的創造。比如但丁以「地獄」象徵黑暗社會、「天堂」象徵理想境界、「淨界」象徵人類由黑暗走向光明必經的痛苦歷程；艾略特以「荒原」象徵沒落的現代世界；艾青以「珠貝」象徵真理；舒婷以「牆」象徵社會上種種異化現象對人的重壓。與群體象徵比起來，個體象徵是詩人獨特的審美心理結構的產物，是詩人內在的情愫與客觀事物的刺激相觸發的結果，因此帶有隨機性、易變性。同一象徵體，不僅不同的詩人可以賦予不同的含義，就是同一位詩人在不同情況下也完全可能賦予它不同的含義。此外，個體象徵又往往是積澱在內心深處的集體無意識與個體無意識的一種昇華與表現，因而每個詩人都有各自隱秘的象徵系統，其象徵意蘊往往是隱蔽的、間接的、不確定的，不熟悉詩人的生活經歷、思想感情、

創作習慣，不經過一番苦心的探究與追尋，是不易把握的。我們這裡所談的象徵意蘊的探尋，主要就是個體象徵意蘊的探尋。

象徵意蘊是一種內化的審美訊息，在詩歌中它是凝定在感性的意象上才表現出來的。因此欲捕捉象徵意蘊，必先抓住它的載體。

作為載體的意象，其表層意義是容易理解的，但表層意義與深層意蘊有什麼關係就不是那麼一目了然了。這二者既有聯繫、又有距離，往往呈現撲朔迷離的局面。這裡關鍵是把握住「上下文」，因為任何訊息只有從自身與「上下文」的結合中，才能得到合理的解釋。如果我們把象徵體放到「上下文」，即詩作的整個系統中來，確定其在系統中的位置，發現它與其他局部的關聯，這樣象徵體與深層意蘊間的關係也就容易把握了。比如我們讀梁小斌的〈雪白的牆〉：

　　媽媽，
　　我看見了雪白的牆。

　　早晨，
　　我上街去買蠟筆，
　　看見一位工人

費了很大的力氣，
在為長長的圍牆粉刷。

他回頭向我微笑，
他叫我
去告訴所有的小朋友：
以後不要在這牆上亂畫。

媽媽，
我看見了雪白的牆。

這上面曾經那麼骯髒，
寫有很多粗暴的字。
媽媽，你也哭過，
就為那些辱罵的緣故，
爸爸不在了，
永遠地不在了。

比我喝的牛奶還要潔白、
還要潔白的牆，
一直閃現在我的夢中，
它還站在地平線上，
在白天裡閃爍著迷人的光芒。

我愛潔白的牆。
永遠地不會在這牆上亂畫，
不會的，
像媽媽一樣溫和的晴空啊，
你聽到了嗎？

媽媽，
我看見了雪白的牆。

一九八〇年八月

　　讀了這首詩，幾乎是不加思考地，我們立即就可
以抓住它的表層意象──雪白的牆。但詩人爲什麼要
寫一面白牆呢？它與詩人的深層心理又有什麼關係
呢？詩人沒有直說，卻透過他的整體安排把它暗示出
來了。「雪白的牆」在詩中居核心地位，不僅以它爲題，
而且運用復沓手法使「雪白的牆」重複出現了三遍，
用以強化它在讀者心目中的印象。看到這樣一種「上
下文」的安排，讀者自然會領悟，這不是寫現實生活
中實際存在的哪一面白牆，而是一種象徵。那麼雪白
的牆又象徵著什麼呢？這就需要我們聯繫詩人、環
境、詩作的有關內容進行多方面的探究了。
　　如果我們想到梁小斌在共和國的紅旗和陽光下

度過的美好童年、他在「十年浩劫」中心靈遭受到的
巨大創傷；如果我們想到此詩寫於浩劫過去以後的一
九八○年，詩人心中充滿著對未來的憧憬；如果我們
想到梁小斌的藝術主張：「一塊藍手帕，從晾台上落下
來，同樣也是意義重大的。」[27]「存在決定意識，那
麼一定存在著一個形象被阻斷的事實，人是要實現理
想的，從此岸到彼岸，一定要有一個形象的橋梁。」
[28]那麼我們就不難明白，「雪白的牆」在這裡也是「意
義重大的」，它是聯結詩人與讀者心靈的紐帶，也是凝
聚深層意蘊的載體，它的象徵含義是多重的：可以是
「十年浩劫」中被摧殘的美好事物，可以是正在著力
建設的美好的生活遠景，可以是對已失去的夢幻般的
童年的緬懷……如果我們瞭解到小斌是個孤獨、內
向、善良的孩子，知道他非常愛自己的母親，但由於
「代溝」以及其他因素，母子之間又有著巨大的隔膜，
那麼「雪白的牆」又可以看作是母愛的象徵，那牆上
滴滿了他渴望與懺悔的淚水……是的，有一百個讀者
就可能從「雪白的牆」中觸發出一百種的聯想；但不
管怎樣，雪白的牆所喚起的總是純潔、美好、善良……
正如索緒爾所說：「象徵的特點是：它永遠不是完全任
意的；它不是空洞的；它在能指與所指之間有一點自

然聯繫的根基。象徵法律的天平就不能隨便用什麼東
西，例如一輛車，來代替。」[29]

註　釋

[1]〈文心雕龍・知音〉，見《文心雕龍注》下冊，人民文學出版社，1962 年版，第 715 頁。

[2]瑞恰慈，〈詩中的四種意義〉，見《現代詩論》，商務印書館，1937 年版，第 149 頁。

[3]馮夢龍，《古今譚概・無術部第六》，文學古籍刊行社，1955年版，第 272 頁。

[4]錢鍾書，〈毛詩正義・五四〉，見《管錐編》第一冊，中華書局，1979 年版，第 149、150 頁。

[5]參見《漢語詩律學》，上海教育出版社，1979 年版，第 253-287頁。

[6]艾青，〈詩論〉，見《艾青研究專集》，江蘇人民出版社，1980年版，第 126 頁。

[7]卞之琳，《雕蟲紀歷》，人民文學出版社，1984 年版，第 37頁。

[8]康德著，蔣孔陽譯，《判斷力批判》第二卷第四十九節，見《西方文論選》上冊，上海譯文出版社，1979 年版，第 563頁。

[9]朱湘，〈書〉，見《中國現代作家選集・朱湘》，人民文學出版社，1985 年版，第 187 頁。

[10]羅賓・喬治・科林伍德，《藝術原理》，中國社會科學出版社，1985 年版，第 147 頁。

[11]葉聖陶，〈文藝作品的鑑賞〉，見《葉聖陶語文教育論集》

上冊，教育科學出版社，1980 年版，第 262-263 頁。

[12]轉引自 R. 維爾斯，〈論觀察依賴理論〉，見《自然科學哲學問題》，1982 年第 2 期。

[13]參見費爾迪南‧德‧索緒爾，《普通語言學教程》，商務印書館，1980 年版，第 101-102 頁。

[14]蘇珊‧朗格，《藝術問題》，中國社會科學出版社，1983 年版，第 142 頁。

[15]德西迪里厄斯‧奧班恩，《藝術的含義》，學林出版社，1985 年版，第 43 頁。

[16]艾倫‧科普蘭，《怎樣欣賞音樂》，人民音樂出版社，1984 年版，第 6-7 頁。

[17]康德著，蔣孔陽譯，《判斷力批判》第二卷第四十九節，見《西方文論選》上冊，上海譯文出版社，1979 年版，第 563 頁。

[18]司空圖，〈詩品‧含蓄〉，見《詩品集解‧續詩品注》，人民文學出版社，1963 年版，第 21 頁。

[19]嚴羽，〈滄浪詩話‧詩辨〉，見《滄浪詩話校釋》，人民文學出版社，1983 年版，第 26 頁。

[20]翁方綱，〈石洲詩話〉卷四，見《清詩話續編》第三冊，上海古籍出版社，1983 年版，第 1428 頁。

[21]袁枚，〈續詩品‧神悟〉，見《詩品集解‧續詩品注》，人民文學出版社，1963 年版，第 171 頁。

[22]參見葉嘉瑩，〈舊詩新演〉，見《迦陵論詩叢稿》，中華書局，1984 年版，第 205、207 頁。

[23]劉勰，〈文心雕龍‧知音〉，見《文心雕龍注》卷十，人民

文學出版社，1962 年版，第 714 頁。

[24]薛雪，〈一瓢詩話〉，見《原詩・一瓢詩話・說詩晬語》，人民文學出版社，1979 年版，第 156 頁。

[25]黃藥眠，《論詩》，遠方書店，1944 年版，第 362 頁。

[26]喬治・桑塔雅納，〈詩歌的基礎和使命〉，見《美國作家論文學》，生活・讀書・新知三聯書店，1984 年版，第 133 頁。

[27]梁小斌，〈我的看法〉，見《福建文學》，1981 年第 10 期。

[28]〈詩友通訊〉，見《星星》，1983 年第 2 期。

[29]費爾迪南・德・索緒爾，《普通語言學教程》，商務印書館，1980 年版，第 104 頁。

第四章　詩歌鑑賞的心理狀態與效應

一、詩歌鑑賞的心理狀態

　　詩歌鑑賞的心理狀態，是主體的審美心理結構與審美對象相遇後，由認識因素、意向因素與深層心理因素相交織而形成的極其複雜、微妙的一種審美心態。不僅不同的審美主體欣賞不同的詩歌，心態全然不同；就是同一主體在不同的時間與空間欣賞同一首詩，心態也會有相當大的變化。下面我們僅就詩歌鑑賞中帶有一定普遍性的虛靜狀態、迷狂狀態、穎悟狀態做些粗略描述。當然，在實際鑑賞中這幾種心態是互相作用、互相滲透、纏結在一起的，這裡分開來談，不過為敘述的方便而已。

（一）虛靜狀態

　　虛靜狀態就是讀者面對一首詩歌，排除實用的狹隘功利觀念的糾纏，而專一對作品進行審美觀照的明淨、虛空、寧靜的心理狀態。

　　早在先秦時代，荀子就指出「虛壹而靜」是人們對客觀事物取得正確認識的心理條件。按荀子的說法，「虛」就是空虛，不因為心中已經有所儲藏而妨礙又將有所接受；「壹」就是專一，不因對那一件事物的認識妨害對這一件事物的認識；「靜」就是寧靜，不因夢想、煩亂而擾亂心的知覺[1]。荀子所講的「虛」、「壹」、「靜」的條件也同樣適用於審美活動。

　　在西方，古希臘的柏拉圖早就把「凝神觀照」視為審美活動的極境，所謂「憑臨美的汪洋大海，凝神觀照，心中起無限欣喜，於是孕育無量數的優美崇高的道理，得到豐富的哲學收穫……他就會突然看見一種奇妙無比的美」[2]。當然柏拉圖所說的審美對象不是藝術形象，而是所謂永恆的「理式」，但他所提出的「凝神觀照」對後代有很大影響。德國美學家康德便認為判斷一個對象是否美，不應考慮它的存在、利害、價值等，而應是一種「純粹的觀照」。

　　虛靜作為一種審美心態，其最重要的標誌是不涉
利害，僅僅為了審美的緣故而注目於某一客體，而不
是試圖利用客體達到審美以外的其他實用目的。電子
門鈴的樂聲悠揚動聽，但音樂聲一起，我們想到的是
客人來了，要馬上去開門，此時完全處於實用的心態
之中，當然就顧不上欣賞音樂的音色與旋律了。要真
正欣賞它，就需要擺脫實用環境，頂好是在沒有客人
來的情況下，以虛靜的心緒對之凝神觀照，這才可能
領略到音樂之美。

　　關於虛靜心態的作用，莊子曾打過一個比方：「水
靜猶明，而況精神！」[3]美國心理學家克雷奇等在談
到由沉思引起的異常意識狀態的時候，曾對此有進一
步的發揮：「東方有一種典型的比擬，把精神比作山間
的湖水，水面經常受強風的激動。觀察者自我向湖裡
看去，只見撞擊著的波浪。如果風浪平靜下來，因而
湖面靜止不動，觀察者就會看到那環繞著湖水的高聳
山脈的映象以及隱藏在湖面下的任何珍寶。風代表那
些不讓我們真正瞭解我們自己和周圍世界的經久不變
的欲望和思想。按照這種類比，沉思是學會平息精神
激動的一種方法……當集中的沉思得到成功時，它就
會引起一種異常的意識狀態。實踐者用如下詞語來描

寫它：明淨、空虛或靜寂……這樣一種異常的意識狀態一旦出現，其本身就可能是極寶貴的。但這種狀態的後效被認爲甚至是更可貴的。直接的後效使我們感受到人和世界的極爲新鮮和大大加強的知覺，即人們直接感知事物的感受。」[4]克雷奇等所描述的由沉思導致的虛靜，與文學鑑賞中的虛靜是有某些相通之處的。在諸種文學形式中，詩的語言是最爲精緻、微妙，最富於暗示性的。詩對它的鑑賞者有更高的要求，不僅要有相關的生活經驗和文化素養，而且要有擺脫世俗物欲的明淨、虛空、寧靜的心態。比如讀陶淵明的〈飲酒〉：

> 結廬在人境，而無車馬喧。問君何能爾，心遠地
> 自偏。採菊東籬下，悠然見南山。山氣日夕佳，
> 飛鳥相與還。此中有真意，欲辨已忘言。

此詩並無生僻的詞語和深奧的典故，對一般的讀者來說不存在語言障礙。能否欣賞這首詩，一方面取決於能否理解陶淵明安貧樂道的人生哲學，另一方面就在於能否以虛靜的心態，從尋常的自然景色的描寫中領會到無限的意趣。如果滿腦子都被日常的物欲所盤據，只想用詩歌來達到某項實用的目的，那麼對「採

菊東籬下，悠然見南山」這種主觀情意與客觀物象的
偶然契合、看似漫不經心實則渾然天成、充滿意趣的
筆墨，也就難於體會出什麼味道了。這種情況，清代
詩人洪亮吉在他的《北江詩話》中也講過：「靜者心多
妙。體物之工，亦惟靜者能之。如柳柳州『回風一蕭
瑟，林影久參差』，李嘉祐『細雪濕衣看不見，閒花落
地聽無聲』，鹵莽人能體會及此否？」[5]

　　要保持虛靜的心態，從根本上說，就是要擺脫實
用的功利觀念的束縛。鑑賞中的實用心態是最敗壞審
美效果的了。如前所述，抱著實用態度對待電子門鈴
音樂，只想著去開門，音樂的美感就喪失殆盡。藝術
鑑賞中類似情況比比皆是：看到一處美好的園林，心
想我要搬到這裡長住該多好；看到一幅美妙的圖畫，
心想它的標價不算高，我若買下來再一轉手又可以賣
多少元；看到一篇諷刺小說，心想這大概是衝我們局
長來的……詩歌鑑賞中這種狹隘的實用心態也有明顯
的表現。相當長的一段時間裡，我們曾過分地強調了
詩歌要配合政治任務，把詩歌看成是貫徹某一政治路
線的工具，這樣不僅出現了大量的圖解概念的非詩的
平庸之作，而且也造就了一批只知用實用的眼光來欣
賞詩歌的讀者。我們可以回憶一下，粉碎「四人幫」

的初期，百廢待興，群眾呼籲應該爲冤假錯案平反。
這時的詩歌朗誦會上，只一句「冤案必須昭雪」，就引
起了聽眾長時間的雷鳴般的掌聲。顯然，這掌聲與其
說是給詩歌的，不如說是給詩歌中喊出的這句口號
的；聽眾這樣強烈的反應，主要是實用的，而不是審
美的。也正因爲如此，一旦事過境遷，大部分冤假錯
案已經得到平反，群眾的激憤情緒的高漲勢頭過去以
後，再聽到這樣的詩句也就難於再喚回那種狂熱的感
情了。詩歌鑑賞中的實用心態，除去習慣於把詩與某
一政治任務或目的聯繫起來外，還表現在不理解藝術
真實與生活真實的關係，把藝術真實就看作是生活真
實，因而對詩歌中常見的象徵、誇張、變形、通感等
手段感到隔膜。比如李白〈秋浦歌〉的名句「白髮三
千丈，緣愁似個長」，是以「白髮三千丈」狀寫愁思之
長。「三千丈」是個誇張的數字，是不必認真的。但有
的詩評家卻認爲李白「未免誇張太過。一百五十丈爲
一里，三千丈是二十里。李白的白髮竟有二十里之長，
那怎麼走路呢？」根據這位詩評家推算：「人的身體上
大約有三萬六千莖毫毛，頭上髮最密，約占一萬莖。
古人是留長髮的（不剃頭），髮長三尺，如以每莖三尺
計，一萬莖共是三萬尺，正合『三千丈』之數。」很

明顯，這種算法是把詩的語言當成科學的記述了。審美態度轉化為實用態度，對李白的詩就不會有正確的理解了。

保持虛靜的心態還要注意心理的調節。一方面是要專一，即把全部心力傾注到藝術形象的觀賞上來，凝神專注，神與物遊，這樣才能心明神暢，洞幽發微，領略到詩的真趣。另一方面是要擺脫種種先入為主之見，不要試圖回顧關於這首詩甲評論家是怎樣講的，乙評論家又是怎樣講的，而是盡可能拋開別人的見解，敞開自己的心靈，以忘我的精神、平靜的胸懷去自然地接觸作品，進而捕捉到崇高、超然的詩美。

此外還應提及的一點是，不應把虛靜理解為消極的接收。虛靜不意味著靜止或遲鈍，而是蘊含著主動性與創造性的一種心態。只有在虛靜的心態中，自我才能與審美對象充分地交融，主體才能擺脫尋常的思維方式，超越舊我，在新的高度上與詩人的脈搏跳動在一起。

（二）迷狂狀態

英國視覺藝術評論家克萊夫·貝爾在其名著《藝術》中講過：「優秀視覺藝術品能把有能力欣賞它的人

帶到生活之外的迷狂中去。」[6]在談到音樂的時候，
他則謙虛地說：「我對音樂的理解力太差了，它不能把
我帶入審美的迷狂世界中去。」[7]可見，在貝爾看來，
迷狂是藝術審美處於高峰階段的一種心理狀態。

　　迷狂有兩種類型，一種是病態的迷狂，即在內外
各種致病因素的作用下，大腦機能活動發生紊亂，導
致認識、情感、行為和意志等精神活動發生障礙的迷
狂，或者說精神病患者的迷狂。另一種是創造的迷狂，
即主體為繆斯召喚而離開現實世界，在想像的夢幻般
的世界中遨遊。這種迷狂不僅發生在詩的創造者即詩
人的身上，而且也可以出現在詩的接受者即讀者身上。

　　藝術鑑賞中的迷狂當然不是精神病患者的失去
理智，而是指一時間失去與所處的外界真實環境的聯
繫，混淆了現實與幻想的界線，而沉浸在藝術作品的
幻象世界之中，其最根本的標誌就在於自我意識的暫
時失落。

　　我國古代思想家莊子曾描述過自我意識的失
落。他在〈齊物論〉的開頭便藉寓託的得道者南郭子
綦描寫了這種境界：南郭子綦有一天憑著几案坐著，
仰頭向天，緩緩地呼吸，進入了超越對待關係的忘我
境界。顏成子游侍立在旁邊，問：「您今天憑案而坐的

神情與往日憑案而坐的神情很不一樣，是怎麼回事
呀？」南郭子綦回答說：「偃（子游名），你問得太好
了！今天我喪失了我自己，你知道嗎？」這裡的「我
喪失了我自己」，用原文表達就是「吾喪我」，指的是
達到忘我、臻於萬物一體的境界，也就是〈齊物論〉
最後所點明的物我界限消解、萬物融化為一的「物化」
狀態。莊子的「忘我」思想對後代文人有深遠影響，
蘇軾早就發出過「長恨此身非我有」的慨嘆；王國維
在他的詩〈端居三首〉之一中也寫道：「安得吾喪我，
表裡洞澄瑩。」

　　德國哲學家叔本華也強調藝術鑑賞中的「無
我」。他認為，只有使認識從意志的奴役下解放出來，
忘記作為個體人的自我，才能擺脫利害關係，使對象
與主體合而為一：「把人的全副精神能力獻給直觀，浸
沉於直觀，並使全部意識為寧靜地觀審恰在眼前的自
然現象所充滿，不管這對象是風景，是樹木，是岩石，
是建築物或其他什麼。人在這時，按一句有意味的德
國成語來說，就是人們自失於對象之中了，也即是說
人們忘記了他的個體，忘記了他的意志。」[8]英國詩
人拜倫則用詩的語言，表達了主體在忘我狀態下與客
體的交融：

難道群山，波濤，和諸天

不是我的一部分，不是我

心靈的一部分，

正如我是它們的一部分嗎？[9]

藝術鑑賞中的迷狂有不同的情況。

一種情況是有較強烈的外部表現形態，特別是在欣賞表演藝術的時候，由於觀眾之間的互相影響的反饋，往往出現人們所不能控制的迷狂景象。比如當年德國首演席勒的名劇「強盜」時，「劇場的正座就活像一所精神病院」，「爆著火的眼睛，握得緊緊的拳頭，蹬著腳的喧響，嘶啞的歡呼！不相識的人也彼此擁抱」，「彷彿在這亂紛紛中一個新的宇宙在誕生」[10]。類似的情況在詩歌朗誦會上有時也會出現。在動人心魄的詩句的感召下，聽眾沉浸到詩的意境之中，與朗誦者、與在場的聽眾融合在一起，同感共泣，如醉如癡，而暫時忘卻了自己。

另一種情況是外部表現雖不鮮明，但內心深處確實發生了「全人格震動」，單獨欣賞藝術時一般是呈現此種情況。歌德欣賞過德國十七世紀動物畫家魯斯的版畫，畫的全是羊，單調的面孔和醜陋蓬亂的毛，維

妙維肖，和真的一樣。歌德說：「我每逢看到這類動物，總感到有些害怕。看到它們那種侷促、呆笨、張著口像在作夢的樣子，我不免同情共鳴，害怕自己也變成一隻羊，並且深信畫家自己也變成過羊。」[11]許多詩人與作家也描寫過自己在欣賞詩歌時如醉如癡、忘卻自我的體驗。宋代詩人楊萬里在一首詩中寫道：「船中活計只詩編，讀了唐詩讀半山。不是老夫朝不食，半山絕句當早餐。」讀詩入了迷，忘了吃飯，居然把王安石的絕句當成早餐，這不是一種忘我狀態下的迷狂嗎？朱光潛十幾歲時喜歡讀李白的〈經下邳圯橋懷張子房〉：「常常高聲朗誦。朗誦時心情是振奮的，彷彿滿腔熱血都沸騰起來了，特別讀到最後『唯見碧流水』四句，調子就震顫起來，胸襟也開闊起來，彷彿自己心中也有無限的豪情勝概，大有低徊往復，依依不捨之意。」[12]這裡談到了欣賞高潮階段主體與審美對象之間界線的泯滅與消融。此外如蘇聯詩人阿赫瑪托娃在自傳中也曾講過在彼得堡期間，「別人給我看英諾肯季·安寧斯基的《柏木匣》的校樣，我為之驚嘆不已，閱讀時，忘掉世上一切。」[13]我國詩人張志民在回憶自己與詩的一段「戀情」時，談到他的父親踏著風琴，或是吹著簫，教孩子們唱「蘇武，留胡節不辱，／雪

地又冰天，／苦受十九年，／渴飲雪，飢吞氈，／牧
羊北海邊……」的情景：「他一面教，一面講，那詩的
語言，歌的節奏，像層層湧浪似的，拍擊著自己心弦，
常把我帶入一種可會意不可言傳的境界……」[14]均反
映了詩歌鑑賞中自我失落的心態。

　　從心理學的角度說，審美過程中自我與對象融為
一體的體驗，就是美國心理學家馬斯洛所提出的「高
峰經驗」。根據馬斯洛的描述，在高峰經驗中，「經驗
者感到他對於知覺對象正付出全部注意力，而且可能
達到入迷的地步。我們通常列入認知（就這麼說吧）
範疇的那些知覺，或者暫時消失，或者成為一種居於
從屬地位的、不很重要的活動。高峰經驗中一種事物
的重複知覺，導致該事物的知覺愈來愈豐富，而不是
乏味和厭煩，像正常意識狀態中對重複刺激的通常反
應一樣。為一種知覺對象所全盤吸引，有時達到把知
覺者和被知覺的事物融為一體的感覺。」馬斯洛認為：
「高峰經驗似乎本身產生價值，可用完整、真實、盡
善盡美、自足、圓滿、公正、有生氣、善和美等詞來描
寫。」[15]

　　馬斯洛所說的高峰體驗，可以發生在科學創造、
漫遊自然、體育競技、熱戀高潮等等場合之中，但尤

其突出地是表現在審美活動中，這就是迷狂。儘管每一位讀者都具有產生高峰經驗的潛在可能性，但鑑賞中的迷狂狀態，不是每位讀者在每次鑑賞活動中都能出現的。只有那些在內心世界中具有與審美對象同型的動力結構、能夠以虛靜的心緒面對藝術的人，才能暫時忘卻自己在現實世界中的位置、處境與欲望，才能使自我消融在詩的藝術境界之中，進入迷狂狀態。

　　柏拉圖說：「人間所有偉大的業績都基於這種迷狂。有些人不想承認這個事實，只想用單純的技巧去敲開繆斯的大門，而女神肯定是緊閉大門的。」[16]這話不僅適於詩的創作，同時也適於詩的鑑賞。詩的讀者光有一定的文字閱讀能力還不夠，更重要的是不斷涵養自己的內心，使之能與優秀的詩作相匹配，不是去讀詩，而是用自己的全部身心去擁抱詩歌，這樣才能進入迷狂狀態，才能叩開詩國的大門，窺見詩歌繆斯的天生麗質。

（三）頓悟狀態

　　沉醉的歡悅流遍我全身，彷彿喝了火熱的烈酒！
　　——我的牢門給打開了。啊，這就是解答，我曾在痛苦和絕望中憂鬱地孕育過它，在折斷的羽翼

上激情地向它呼籲，招引，百折不回地追求它，堅持不懈地期望它，滿身創傷，血淚盈眶──它終於被我掌握了，這個答案解決了獅身人面像似的、從童年起就把我攫緊的人生之謎，解決了令人喪膽的、使我屈辱和窒息的矛盾……我的心衝破了牢門！展開翅膀，在空間平穩地飛翔，屏住了氣息，獨來獨往，我不眨一眼地凝視那滲透萬有的面目──全宇宙之面貌。

這是法國作家羅曼・羅蘭在他的自傳《內心的歷程》中談到的，在一個冬天的午後四時，他坐在靠牆的桌子邊，閱讀史賓諾莎的《倫理學》時，精神上產生的一種頓悟。羅曼・羅蘭所描寫的是閱讀哲學著作中的頓悟。詩固然不同於哲學，但優秀詩作在給人以審美愉快的同時，也同樣能提供給你一個人生、一個宇宙、一種極為深刻的人生經驗。從這個意義上說，羅曼・羅蘭所描述的頓悟與讀者欣賞詩歌時的頓悟是相通的。

頓悟本是佛教用語，在審美心理學中通常指在凝神觀照的情況下，對藝術形象的深層意蘊無須進行邏輯推理的一種直覺的把握。澳大利亞畫家和藝術理論

家德西迪里厄斯‧奧班恩指出：「每幅藝術作品都散發
著一種精神。敏感的觀眾對此有一種感覺，雖然他也
許不能描述它。這種精神從一種美感中發出，在很大
程度上它與我們不可言傳的下意識相聯繫。」[17]詩歌
由於其掌握世界方式的特殊性，使得詩的表層意象與
深層意蘊之間缺乏直接的線性聯繫，因而呈現出某種
模糊性與不確定性。但優秀詩作確實有一種內在的精
神或意味滲透在意象之中，若隱若現，敏感的讀者可
能感覺到它，卻不一定能領略它。但是在凝神觀照之
中，主體與客體恰在某一點上契合起來，於是深層意
蘊驀然湧上心頭，儘管很難用語言把它描繪出來，卻
感到了自己的脈搏和詩人一起跳動，詩中的一切都獲
得了新的意義，沉浸在發現的喜悅之中，這即是頓悟
狀態。

　　頓悟狀態具有如下一些特點：

　　第一是突發性。頓悟從本質上看就是在潛意識中
醞釀的東西向意識領域的突然湧現。因此不管在頓悟
之前，主體對作品觀照的時間是長是短，一旦頓悟，
就呈突發狀態。頓悟的到來有其主觀與客觀的必然
性，卻沒有細密的邏輯思路可以追尋，彷彿是從心底
突然冒出來的。

　　第二是強烈性。頓悟狀態伴隨著強烈的心情興奮與愉快，此時由於主體與審美對象在某一點上的高度契合，所頓悟的東西像一團強烈的陽光將他的心靈照得通明，使他的全部意識暫時都被這種穎悟狀態所籠罩，忘記了他以外的一切，也忘記了他自己。這實際上也正是馬斯洛所說的「高峰經驗」。

　　第三是不自覺性。讀者對詩的頓悟也正像詩人創作的靈感，你渴望時它不來，你沒想到時，它卻不期而遇。對詩的深層意蘊的頓悟不是靠推理推導出來的，任何邏輯思維的法則和規律都不能強制干預。

　　審美的頓悟狀態，在我國古典文論上也稱為「妙悟」。早在魏晉時期，妙悟理論在玄學與佛學的影響下就產生了。南宋的詩人嚴羽則以妙悟為核心構築了他的詩歌理論體系。他在《滄浪詩話》中說：「大抵禪道惟在妙悟，詩道亦在妙悟……惟悟乃為當行，乃為本色。」[18]嚴羽以禪喻詩，有其局限，因為禪與詩畢竟是性質不同的兩碼事，「禪必深造而後能悟，詩雖悟後，仍須深造。」[19]但嚴羽高張「妙悟」大旗，指出詩的妙處雖如羚羊掛角，無跡可求，卻還是可以透過「悟」而得之。這對我們在欣賞詩歌中對詩的深層意蘊的領會，還是有所啓發的。詩的深層意蘊雖然具有

不可描述性、不確定性、不可窮盡性，但不是虛無縹
緲、不可把握的，只要具備了一定的主客觀條件，透
過虛靜的心境去觀照，就可能得到頓悟。這種頓悟狀
態的出現，是讀者苦苦追尋後的豁然開朗，是經歷「山
重水複」的跋涉後的「柳暗花明」，是「眾裡尋他千百
度」後「驀然回首」的驚人發現，因此它能給讀者強
烈的審美愉快，使讀者的心靈獲得空前的自由感。

　　鑑賞詩歌，人人都希望盡早出現頓悟狀態，以獲
得最大的審美愉快；但能否出現頓悟，以及出現何種
程度的頓悟，卻因人而異。有人拿到詩以後，不加思
索，僅憑直覺就可頓悟；有人則要經過長時間的體驗
與沉思，甚至隔了相當長一段時間，才能產生頓悟；
也有人讀詩始終不得要領，在他的審美心理歷程中從
未出現過頓悟。可見對詩的頓悟是需要一定的主客觀
條件的。

　　能否出現頓悟，從根本上說，取決於主體的審美
心理結構與鑑賞對象是否相適應。審美心理結構積澱
著主體得自世代遺傳的集體無意識，與得自審美活動
的全部審美經驗。當鑑賞過程中，主體從審美對象獲
取的訊息能與主體存貯的審美訊息相呼應，發生碰
撞，就可能在無意識領域中引起連鎖反應，進而出現

頓悟狀態。

　　能否出現頓悟，有時也取決於一定的外界環境。有些詩讀者遲遲不能頓悟，是由於讀者與詩人所處的環境差別太大，一旦讀者也遇到了與詩中所寫的相似的外部刺激，便自然而悟。比如歌德的〈流浪者之夜歌〉：

　　　一切的峰頂
　　　沉靜，
　　　一切的樹尖
　　　全不見
　　　絲兒風影。
　　　小鳥們在林間無聲。
　　　等著罷：俄頃
　　　你也要安靜。

　　這首詩是歌德於一七八三年九月三日夜裡，用鉛筆寫在伊門腦山巔一間獵屋的板壁上的。詩人梁宗岱很喜歡它，把它譯成中文，不過也只是把它當作一首美妙的小歌而愛好罷了。詩人對它的徹悟，還是到了詩人受到與歌德所處的類似外部環境的刺激的時候。據詩人介紹：「這首詩從我粗解德文便對於我有一種莫

名其妙的魔力。可是究竟不過當作一首美妙的小歌，如英之雪萊，法之魏爾倫許多小歌一樣愛好罷了。直到五年前的夏天，我在南瑞士的阿爾帕山一個五千餘尺的高峰避暑，才深切感到這首詩底最深微最雋永的震盪與回響。我那時住在一個義大利式的舊堡。堡頂照例有一個四面洞闊的閣，原是空著的，居停因爲我常常夜裡不辭艱苦地攀上去，便索性闢作我的臥室。於是每至夜深人靜，我便滅了燭，自己儼然是腳下的群松與眾峰底主人翁似的，在走廊上憑欄獨立，或細認頭上燦爛的星斗，或諦聽谷底的松風、瀑布與天上流雲的合奏。每當冥想出神，風聲水聲與流雲聲皆恍如隔世的時候，這雍穆沉著的歌聲便帶著一縷光明的淒意，在我心頭起伏迴盪了。」[20]

　　總之，剎那間出現的頓悟狀態，有著歷史的、社會的、心理的、環境的等多方面的原因。爲了促進頓悟的出現，讀者不是完全被動、無能爲力的。錢鍾書在《談藝錄》中指出：「夫『悟』而曰妙，未必一蹴即至也；乃博採而有所通，力索而有所入也……陸桴亭《思辨錄輯要》卷三云：『凡體驗有得處，皆是悟……人性中皆有悟，必工夫不斷，悟頭始出。如石中皆有火，必敲擊不已，火光始現……』罕譬而喻，可以通

之說詩。」[21]一般讀者若苦於不能頓悟，先不要責備
詩人寫得太隱晦，也不要抱怨自己缺乏天分，還是先
把自己當成石頭，不停地敲擊吧。總有一天，在審美
的鍛錘與石塊之間會升騰起一片頓悟的火光。

二、詩歌鑑賞的心理效應

> 我常常懷著一顆殘廢兒童那樣急躁的心情，躺在
> 房間的角落裡抽泣著。就在這時，有一位處女，
> 緊緊地貼著肩膀，在我顫抖的心上，放上一隻溫
> 柔的手。這位處女就是詩。

　　日本詩人萩原朔太郎這幾句深情的話，非常形象
地表達了詩對於人的心靈的撫慰作用，很逗人深思。
考察鑑賞心理，粗而言之，有兩個大的方面。一方面
是鑑賞進程的心理內容，諸如鑑賞前的心理準備，鑑
賞中領會作品本文含義、破譯符號體系、浮現相關表
象、獲取象徵意蘊等。另一方面是讀者在鑑賞中的反
應，包括思想、情感、意志以至潛意識中的微妙變化，
這即是我們下邊要談的鑑賞的心理效應。

（一）異質同構與審美心理效應的生成

　　審美心理效應的生成，是多種因素互相作用的結果。這諸種因素既包括能喚起人們美感的審美客體，又包括能夠產生心靈感應的主體，還包括特定的時間與空間因素等等。這諸種因素糾纏在一起，使鑑賞呈現撲朔迷離、錯綜複雜的態勢，但從中也可理出一個大致的趨向，那就是審美心理效應的生成，最根本地取決於主體的心理結構的動力模式與審美對象的外部刺激模式的相同或相似，即心理學上所說的異質同構現象。

　　異質同構又可稱作心物同型。根據格式塔派心理學家的說法，雖然主體的心理世界與來自客體的外部刺激是兩種不同的媒質，一是心理的，一是物質的，但是在主體的經驗形式（內在結構）與客體的刺激形式（外在結構）之間，卻可以有某種程度的同型和對應，這主要是指某種力的結構，諸如聚攢與分散、向心與離心、前進與後退、升騰與降落、筆直與曲折、和諧與混亂等等，不論在物理世界還是在心理世界中都是共同存在的。從審美的角度看，由於客觀事物形體結構與運動的力的模式與主體的心理結構的動力模

式有某些相似之處，因此就可以把客觀事物的運動和形體結構看成是人的內心世界的表現。在藝術家的眼裡，一塊凌空兀立的岩石，其力的作用模式與意志堅強的人的心理結構的力的作用模式有相通之處，因而岩石可以作爲堅強意志的一種心理表現。一株微風中的垂柳，其枝條被動下垂的柔軟姿態與感傷悲哀的人心理結構也有某些相似，因而垂柳可以作爲悲傷情感的一種心理表現。總的說來，異質同構，不要求內心情感與外部刺激在內容上的完全相合，而只求其結構特徵的某些相似，因而在藝術領域就往往運用外界事物作爲與之同構的內在感情的對應物。前邊我們引用過青年詩人梁小斌講的一句話：「一塊藍手帕，從晾台上落下來，同樣也是意義重大的。」這話曾使有些讀者感到迷惑不解：「不就是落下一塊手帕嗎？不值得大驚小怪，也看不出有什麼重大意義。」實際上梁小斌這樣講，是有個前提的，那就是當手帕從晾台上飄落下來，其力的作用模式與詩人心理結構的動力模式相一致的時候，飄落的藍手帕可以作爲詩人內在情感的對應物，自然也就是意義重大的了。否則的話，手帕自管飄落就是了，干我甚事？

　　異質同構現象不僅可以說明詩人何以要透過客

觀物象來表現自己的內在感情，而且可以解釋讀者何以透過詩歌作品的鑑賞，而使自己心靈世界與之發生共鳴、同感共泣。

詩的語言是情感的符號，這些符號可以在讀者的頭腦中喚起相關的表象，每一表象都有其獨具的結構模式，表象與表象之間也有相關的結構模式使之結合在一起。當讀者的心理結構中也具有同形、同態的模式時，在閱讀時就會產生強烈的共鳴，就會感到「於我心有戚戚焉」，感到一種莫大的愉快。詩歌透過語言符號在讀者頭腦中喚起相應的結構完形，進而引起讀者心理結構的類似反應，這有不同情況。在由一個主體意象構成的短詩中，側重於這一主體意象自身的結構模式與讀者的心理結構模式的同形。比如艾青的〈礁石〉，其主體意象是一塊屹立在海灘、任憑風吹浪打而歸然不動的礁石，那些具有堅強意志、不懼艱難險阻、矢志獻身於事業的讀者，很自然地就會與之產生強烈共鳴。在現代的比較複雜的抒情詩中，詩人提供的不是一個意象，而是若干個意象群，這些意象一般不是用敘事的或邏輯的線索聯繫起來，而是靠詩人內在情緒結構的張力，使之按一定的格局展現出來。讀者心中如果有相似的情緒結構，就很容易激起心靈的顫

動。比如讀江河的〈祖國啊，祖國〉：

> 在英雄倒下的地方
> 我起來歌唱祖國
>
> 我把長城莊嚴地放上北方的山巒
> 像晃動著幾千年沉重的鎖鏈
> 像高舉起剛剛死去的兒子
> 他的軀體還在我的手中抽搐
> 我的身後，有我的母親
> 民族的驕傲。苦難和抗議
> 在歷史無情的眼睛裡
> 掠過一道不安
> 然後，深深地刻在我的額角上
> 像一條光榮的傷痕
> 硝煙從我的頭上升起
> 無數破碎的白骨叫喊著隨風飄散
> 驚起白雲
> 驚起一群群純潔的鴿子
> ……

　　〈祖國啊，祖國〉是詩人「用低沉的喉嚨」發出

的對祖國灼熱的愛的心聲。這裡引的是開頭部分，但
僅從這一部分也可以看出此詩在意象結構方面的特徵
了。詩人把對祖國深沉的愛和祖國母親在十年浩劫中
蒙受損害後自己心靈的痛苦，外化爲「把長城放上北
方的山巒」、「晃動著沉重的鎖鏈」、「高舉起剛剛死去
的兒子」、「硝煙從頭上升起」、「破碎的白骨叫喊著隨
風飄散」、「驚起一群群純潔的鴿子」等等意象，這些
意象既不是按敘事的順序排列，也不是按邏輯的事理
一一道來，表面看來它們是不相銜接的，實際上卻是
詩人內心強烈的情感生活的表現。如果從滲透於意象
間的力的結構模式來分析，可以看出這些意象滲透著
方向與格局不同的兩種力，一種是發散的力，體現了
激情由內向外的迸射，另一種是凝聚的力，體現爲激
情經過反思向內心的沉澱。發散給人以熱烈感，凝聚
給人以厚重感，正是發散與凝聚這一對矛盾，使本詩
構成了飽滿的張力，使意象在運動中結合在一起，用
江河的話說，就是構成「旋轉的森林」。讀者欣賞這樣
的詩，不在於理清它的敘事順序和邏輯事理，而在於
體察滲透在這些意象中的力的模式，以尋求和自己心
靈中情緒結構的相同之處。如果讀者也是對祖國既懷
有深摯的愛，又對她這些年來的深重苦難深感痛心，

因而內心充滿焦灼與苦悶，正待噴薄而出，那麼讀到
了這樣的詩，由於異質同構的作用，必然會感到先得
我心，產生強烈的快感。

　　總而言之，在詩歌鑑賞中，能否獲得審美愉快，
主要是看詩人所提供的意象的結構形態，與讀者心理
結構是否有某種同形或同構。至於讀者獲得的審美體
驗是強烈還是淡薄，則要看詩人提供的表象與讀者心
理結構相契合的程度。這種契合愈深入，體驗也就愈
深刻。因此，要想在詩歌鑑賞中獲得較強烈的審美愉
快，就需要不斷豐富自己的情感生活，在日常生活中
也能隨時對各種表象和各類活動的象徵性和比喻性有
深入的體驗。「例如，當聽到某種擊打或折斷東西的聲
音和動作時，就應該產生出一種進攻或破壞的體驗；
當從事一種上升的運動時（如攀登樓梯等），就要有一
種征服和進取的體驗，如果在清早起床時看見晴空萬
里，房間裡充滿了和煦的陽光，那就不能僅僅是看到
光線的明暗度變化。一種真正的精神文明，其聰明和
智慧就應該表現在能不斷地從各種具體的事件中發掘
出它們的象徵意義，和不斷地從特殊之中感受到一般
的能力上。只有這樣，我們才能賦予日常生活事件和普
通的事物以尊嚴和意義，並為藝術能力的發展打好基

礎。」[22]

（二）自我發現與心靈的自由感

自有詩歌以來，詩人和詩論家就給詩歌開列了數不清的功能，諸如美感功能、認識功能、教育功能、武器功能、陶冶心靈的功能、提高藝術素養的功能、交際功能、醫療功能等等。就假定這一切功能都是詩所具備的，那麼也不是詩歌自身能直接取得的，而只有透過影響讀者的自我意識才能得以實現。因而，發現自我，進而達到自我與世界的融合，使心靈獲得空前的自由感，這才是詩歌最根本的心理效應。

每一個生活在世界上的人都有其內在的價值，都要求實現自己的內在價值，即實現自己的全部潛能和需要。健壯的人需要運用他們的肌肉從事活動，有智慧的人需要運用他們的智力從事發明創造，在愛著的人往往會有愛的行動的表示……個人的潛能是不同的，所追求的理想更是五花八門，但是在實現自我這點上卻有共同點，每個心理健康的人都希望充分發揮自己的潛能，不斷充實自己，達到盡善盡美，成為完美的個性。

欲實現自我，必先發現自我。自我意識的形成，

乃是人有別於動物的一個本質特徵。列寧說:「在人面前是自然現象之網。本能的人,即野蠻人沒有把自己同自然界區分開來,自覺的人則區分開來了。」[23]由此可見,對自我的認識,是實現自己內在價值與潛能的前提。一方面認識了自我,才能透過自我認識自然、認識社會、認識人生,進而透過對客觀世界的觀照,恰當估計自己的價值與潛能,確定自己在世界的位置和奮鬥目標。另一方面,也只有認識了自我,才能避免盲目性,才能不斷有針對性地改變自我、完善自我。

　　人如何才能認識自我呢?同人的一切認識一樣,人對自我的意識也是不斷發展、不斷深化的。人固然可以透過「自省」的方式來達到自我意識的深化,但這種「自省」也總是建立在對外部世界認識的基礎上,也就是說,自我意識的形成是在對外部世界的認識中實現的,人們每發現了一個新的事物,也就發現了自我的一個側面。因此,人們首先是在社會生活實踐中,在與自然、與社會、與其他人的關係中認識自我。比如搬起了一塊大石頭,認識到自己肌肉的潛能;在數學比賽中取得優勝,認識到自己智力的潛能;成功地組織了一次活動,認識到自己管理能力的潛能……這種對自我的認識是發現自我的最基本途徑。

但是光靠社會生活實踐來發現自我也有局限，環境因素在這裡變得十分重要，某些人有某些方面的潛能，但由於客觀條件不具備，使其無以施展，因而也就難於發現。因此有一定藝術素養和欣賞能力的人便找到了文學藝術，希望在超越時空的、虛擬的藝術領地中發現自己。

　　讀者在藝術欣賞中發現自我，是許多藝術家、文學家和美學家所肯定過的。美國著名小提琴大師耶胡迪・梅紐因認為：「音樂還可能向我們揭示我們自身深處從未意識到的東西。」[24]日本美學家今道友信提出：「藝術具有證實自我的自由人性的作用，可以說這種作用具有挑戰性，是揭示人性潛在神秘的旗手。」[25]魯迅說：「在小說裡可以發現社會，也可以發現我們自己。」[26]法國作家羅曼・羅蘭說：「誰都不會死讀一本書。每個人都從書中研究自己，要不是發現自己就是控制自己。」[27]這些話是大師們總結了自己和前人的審美經驗後提出來的，很值得我們深思。

　　詩歌，是詩人心靈的外化，是詩人自我的實現，每首詩都是一個新的世界，每首詩都是一個自由的生命。偉大的詩篇中總展示著詩人博大的胸懷，體現著人的本質的豐富性，每個讀者都可以從中照見自己的

影子，用詩人的生命之光去洞澈自己的靈魂，用詩人
燃燒的火炬去點燃自己前行的燈塔，進而以自己的生
命去接近藝術的生命，在自我與詩人心靈的交融與碰
撞中，不斷地揚棄舊我、獲得自由的新我。從作為審
美對象的詩歌中，發現自我，是基於主體審美心理結
構的一種選擇，不是對象中的一切都能映照出自己，
而是對象中與自己心靈相對應的那「靈犀一點」。一旦
主體的心理結構與對象的刺激模式出現同形或同構，
此時滲透在審美對象中的詩人的情感和經驗也就成了
讀者的情感和經驗，讀者的心靈彷彿一下子被照亮
了，他感到詩人所講的正是自己所覺察到而又未能說
出的，於是他讚歎著說：「對了……對了……是像那
樣……真是像那樣……」這樣讀者對詩的欣賞，也就
成了對自身的生命形式的觀照。

　　讀者透過發現自我，可以獲得一種心靈的自由
感。

　　一般說來，藝術鑑賞開始之前，讀者是處於現實
的、實用的世界，他受著現實中各種矛盾的牽涉，他
有許多實用的、功利的事情要辦，他的潛在的欲望和
需要被壓抑著，匯成一股無確定方向的、躁動不安的
內在生活之流，構成了複雜的生命網絡一個方面的經

驗，蘇珊・朗格稱之爲「主觀經驗」。她認爲這些經驗
是不能透過語言表現出來的：「那些似乎清醒和似乎運
動著的東西，那些昏暗模糊和運動速度時快時緩的東
西，那些要求與別人交流的東西，那些時而使我們感
到自我滿足時而又使我們感到孤獨的東西，還有那些
時時追蹤某種模糊的思想或偉大的觀念的東西。在一
般情況下，這樣一些被直接感受到的東西是叫不出名
字⋯⋯這樣一些東西在我們的感受中，就像森林中
的燈光那樣變幻不定、互相交叉和重疊；當它們沒有
互相抵消和掩蓋時，便又聚集成一定的形狀，但這種
形狀又在時時地分解著，或是在激烈的衝突中爆發爲
激情，或是在這種衝突中變得面目全非。所有這樣一
些交融爲一體而不可分割的主觀現實，就組成了我們
稱之爲『內在生活』的東西。」[28]

　　毫無疑問，這種內在的生活之流需要疏導、需要
釋放，但由於人們在現實世界中受主客觀條件的制
約，這種疏導和釋放有很大的限制。「在現代具有嚴密
組織性的社會生活中，一切都是依照一定的秩序進行
的。因而現代的個人，無論是想在政治、經濟、軍事、
技術、甚至學術哪個方面，都不可能自由地展開。因
此，青春能量的非集團性爆發便常常出現在藝術領

域。」[29]應當說，詩的創作與鑑賞就是釋放與疏導這種內心生活之流的最高雅、最健康的方式之一。由於內心的生活之流是一種無以名狀的心理狀態，很難直接傳達。如果非傳達不可，也往往是透過一種隱喻和象徵，詩歌便主要是運用這種方法來展現人的心靈世界的。詩人將自己內心隱秘的經驗、衝動、情感等轉化爲可見的、有深層意蘊的意象，呈現在讀者的面前，一旦讀者內心深處也有某種與之同構的東西，讀者的內心生活之流也會流注到詩的意象之中，與之合而爲一，進而出現物中有我、我中有物、物我兩忘的局面。此時他自己的內心生活之流不僅找到了噴發口，而且彷彿已轉化爲審美客體，他重新發現了一個世界。這個世界既貼近又遙遠，既可觸可感又放射著理性光芒，這是他在現實的實用境界中從沒有經歷過的。在這個世界中，他的心智變得分外清爽、敏銳，他似乎聽見了關於人生的某種神秘活力的啓示，進而頓悟出生命的某一真理。與此同時，他也重新發現了自我，一個揚棄了某些舊質的新我，世界、自我會變成了嶄新的東西，他超越了原有的世界，也超越了舊我。這種超越感正是自我實現後達到的新的精神高度，一種高度的平衡與和諧，這時審美愉悅達到高潮，心靈獲

得了空前的自由感。

　　詩歌鑑賞中的心靈的自由感，不僅可以使讀者獲得極大的審美享受，而且可以調節讀者的心理，美化讀者的人性。

　　詩歌對讀者心理的調節突出地表現爲否定性情感的宣泄。

　　生活在世界上的人，在外部刺激、機體內部的生理變化和認知因素的作用下，會產生不同情感。情感有兩極性，人的需要如果獲得滿足會產生肯定性的情感，如愉快、熱愛、尊敬、親近等；如果不能得到滿足就會產生否定性情感，如苦惱、憎恨、輕視、懼怕等。任何情感的存在過程都經歷兩個階段，一是負荷階段，也就是興奮階段；二是釋放階段。不論何種情感均需要發洩出來，進而使我們從情感加諸自己的緊張狀態中解放出來。情感不得釋放，就會有一種壓抑感，使心理處於一種緊張狀態。情感一旦得以釋放，人們就會產生一種緩和與舒適的感覺，那種壓抑感被排除了。情感的釋放往往借助於動作，比如快樂時手舞足蹈、放歌縱酒，悲哀時捶胸頓足、呼天搶地，憤慨時怒髮衝冠、拍案而起……借助不同的動作，就逐步消除了那種情感。如果情感，特別是否定性情感，

長時期抑鬱在心裡不得發洩，那麼心理就會失去平
衡，或造成性格孤僻，或出現行為乖張，嚴重者會出
現生理的或精神的疾患。

　　人們深知長期壓抑否定性的情感的危害，故尋求
各種方式以期得到解脫。

　　有的人是借酒澆愁。像陶淵明在〈飲酒〉詩序言
中就坦誠自白：「余閒居寡歡，兼比夜已長，偶有名酒，
無夕不飲。」白居易則在組詩〈不如來飲酒〉中寫道：

　　　莫隱深山去，君到應自嫌。
　　　齒傷朝水冷，貌苦夜霜寒。
　　　漁去風生浦，樵歸雪滿岩。
　　　不如來飲酒，相對醉厭厭。

　　　莫入紅塵去，令人心力勞。
　　　相爭兩蝸角，所得一牛毛。
　　　且滅嗔中火，休磨笑裡刀。
　　　不如來飲酒，穩臥醉陶陶。

詩人在現實生活的「紅塵」中歷盡劫難，亦忍受不了
歸隱山林的凄苦，心境愁悶，只想透過飲酒來求得一
時的解脫。不過酒的麻醉作用只是一時的，酒醒之後

照樣會沉浸在苦悶之中，這就是「舉杯消愁愁更愁」
的道理。

有的人喜歡向人傾訴。《紅樓夢》「訴肺腑心迷活
寶玉」一回，寫寶玉在路上向黛玉傾訴肺腑之言，尚
未說完，黛玉先去了，可巧襲人給他來送扇子，他就
把襲人認作黛玉，繼續傾訴起來。寶玉所以忘情如此，
是由於他對黛玉的愛情長期壓抑在心底，形成苦悶的
情結，在按捺不住的情況下終於爆發了。魯迅小說《祝
福》中的祥林嫂二次來到魯家，對別人一遍又一遍地
講她的兒子阿毛被狼吃的故事，人家都聽煩了，可她
還要講，這表明她講這個悲慘的故事不是爲了影響別
人或出於交際的需要，而只是自己感情的一種宣泄
了。莎士比亞在《李爾王》中，藉善良的愛德伽之口
說道：「做君王的不免如此下場，使我忘卻了自己的憂
傷。最大的不幸是獨抱牢愁，任何的歡娛兜不上心頭；
倘有了同病相憐的侶伴，天大痛苦也會解去一半。」[30]
曾和弗洛伊德聯合開業、從事精神病診療的奧地利生理
學家約瑟夫‧布洛伊爾，一度運用「談療法」（talking
cure）治療歇斯底里患者。有一位少女，症狀很多，
包括不能喝水，當醫生用催眠誘導她描述致病的情緒
事件，並充分發洩她的情緒以後，就發現其困難得到

了解除，喝水的功能也得到了恢復」[31]。「談療法」
所以有一定效果，就在於誘導患者毫無顧慮地傾吐自
己的隱秘，使被壓抑的情感得以宣泄，這就是一種解
脫。可惜的是，「談療法」難於普遍運用，像莎士比亞
所說的「同病相憐的侶伴」在生活中也並不能經常碰
到，於是那些有一定藝術素養的人就往往透過藝術欣
賞來求得情感的宣泄了。

　　宣泄，又稱淨化。早在古希臘時代，亞里斯多德
在《詩學》中談到悲劇的作用時就指出，悲劇能「激
起哀憐和恐懼，進而導致這些情緒的淨化」。[32]對這
種「淨化說」，朱光潛做了如下的解釋：「『淨化』的要
義在於透過音樂或其他藝術，使某種過分強烈的情緒
因宣泄而達到平衡，因此恢復和保持住心理的健康。」
[33]在古代的西方是把藝術與人的身心健康聯繫起來看
的。據聯邦德國哲學博士維拉‧勃蘭特考察：古典思
想將醫學和藝術合二爲一奉爲和諧的最高目標。希臘
神話中的阿波羅同時是詩歌神和醫藥神，因爲他是作
爲和諧之神受人供奉的。如今，這一結合由於各自的
專門化幾乎爲人忘卻，而且西方世界對和諧的追求也
隨著世紀的更迭有所改變。當代醫學將本學科的目標
轉向達到生理、心理以及外界生活環境的平衡。同樣，

藝術原則和古老的和諧理想也幾乎不再有什麼一致之
處。然而阿波羅迄今依然是醫學神和藝術神之象徵。
此外，維拉‧勃蘭特還指出：醫學在德語裡有一種古
老的表達，叫作「治癒藝術」（Heilkunst）。儘管詞義
今非昔比，這個概念卻依然展示了原來那種緊密的相
互關係。醫學在這裡被理解爲藝術（治病的藝術），藝
術獲得了醫學的功能。比方音樂的醫療功能是古往今
來眾所周知的，如聖經故事中的大衛彈奏齊特爾琴，
爲生病的國王掃羅驅除鬱悶。這一療法今天被稱爲「樂
療」[34]。維拉‧勃蘭特所指出的藝術的醫療功能是有
普遍意義的。我國的《詩經》裡就有關於用音樂安撫
憂鬱者和使人愉悅的描述。古希臘時代，哲學家和數
學家畢達哥拉斯就發現，音樂有一種治療疾病的特殊
功能。作家與畫家豐子愷在他的《藝術叢話》中記載
了這樣一件事：法國音樂家比才的歌劇「卡門」演出
時，尼采抱病前往觀看。沒想到「卡門」的醉人音樂
竟使他的病驟然消失。第二天尼采高興地在致友人的
信中寫道：「比才已經死了，誠一大遺憾！我昨天又欣
賞他的傑作。這是美與熱情的精靈，感人極深！我近
來患病，聽了這音樂之後病就癒了。我十分感謝它。」
到一九五〇年代，「音樂理療學」這門學科建立起來

了。近年來，我國有的療養院也建立了心理音樂治療室。音樂所以能對疾病有一定的療效，一方面在於和諧悅耳的聲波，能引起人體的生物化學變化，促使人分泌有益健康的激素，調節神經系統，促進新陳代謝，進而增強抗病力；另一方面就在於音樂對情緒有強大的宣泄作用，在音樂的感召之下，無明怒火可以煙消雲散，滿臉愁雲可以一掃而空。莎士比亞的「第十二夜」中有位奧西諾公爵，當他陷入情網而不能自拔的時候，便要求手下人：「給我奏些音樂」，「我只要聽我們昨晚聽的那支古曲，我覺得它……更能慰解我的癡情。」[35]應當說，許多人對於音樂都有與奧西諾公爵類似的體會。像這樣的解脫作用，在詩歌鑑賞中也普遍存在。不過，詩歌這方面的功能主要是偏於心理的，而不是偏於生理的。儘管《古今詩話》上有所謂「杜詩止瘧」的說法，但許多人都表示懷疑。詩的主要作用在於排解心中鬱積的否定性情感。早在先秦時代，《管子》的〈內業〉篇就提到：「止怒莫若詩」[36]，意謂要制止憤怒的情感，沒有比得上詩歌的。梁代鍾嶸在《詩品注》的總論中，對詩的宣泄功能展開了更全面的論述：「至於楚臣去境，漢妾辭宮，或骨橫朔野，魂逐飛蓬；或負戈外戍，殺氣雄邊；塞客衣單，孀閨淚

盡;或士有解佩出朝,一去忘返;女有揚蛾入寵,再盼傾國;凡斯種種,感蕩心靈,非陳詩何以屬其義?非長歌何以騁其情?故曰:『詩可以群,可以怨。』使窮賤易安,幽居靡悶,莫尚於詩矣。」[37]可見我們的古人對於詩的排解痛苦、憂愁和苦悶的作用是估計得很高的。西方文論家對此也有同樣看法。別林斯基在評萊蒙托夫的詩的時候講到:

> 古代哲人赫西俄德在《詩神讚歌》中說過幾句純樸的話,其中包含著偉大的真理:「人若感到悲哀,感到心上新的創傷,因而沉入痛苦的沉思;或者一個歌手,詩神的僕人,歌唱生活在奧林匹斯山上的第一批人和安樂的眾神;在這一瞬間,就會忘掉不幸的痛苦,再也不會記得任何一件煩惱,因為天賦的才能很快就把他改變過來了。」可是,這是一般詩歌的力量,每一種詩歌都具有的力量;至於表現我們自己的痛苦的詩歌,它對我們的痛苦所發生的作用就更是奇妙了:我們在自己的身外,看到這些痛苦被隱藏在它們裡面的神秘內容的普遍意義所淨化、所澄清,我們立刻就感覺到自己從這些痛苦中鬆過一口氣來……[38]

　　那麼，詩歌爲什麼能對人的情感起宣泄作用呢？前邊我們講過，情感的釋放要透過外部動作，這就難免會對客觀世界造成影響。在生活中，在許多情況下是不適於把自己的感情公開化的，因而不必要也不宜於把內心情感透過外部動作在實際生活中表現出來。既然如此，就最好能創造出一個虛擬的情境以釋放情感，在這種情況下，釋放的情感像直接「接地」的電流一樣，不會給實際生活造成種種後果。進入這種虛擬的情境，從作家角度說是創作，從讀者角度說就是欣賞了。虛擬的情境所以能給人以解脫，很大程度上在於心理學的表同作用。表同作用是指人在現實生活中無法獲得成功的滿足時，將自己比擬成歷史上、現實中或文藝作品中的人物，陷入一種幻想的美好境界，進而在心理上分享別人的愉快，消除因挫折引起的苦悶、焦慮情緒。這種表同作用，梁啓超稱之爲「提」：「提之力，自內而脫之使出，實佛法之最上乘也。凡讀小說者，必常若自化其身焉，入於書中，而爲其書之主人翁。讀《野叟曝言》者，必自擬文素臣。讀《石頭記》者，必自擬賈寶玉。讀《花月痕》者，必自擬韓荷生若韋癡珠。讀《梁山泊》者，必自擬黑旋風若花和尙。雖讀者自辯其無是心焉，吾不信也。

夫既化其身以入於書中矣，則當其讀此書時，此身已
非我有，截然去此界以入於彼界，所謂華嚴樓閣，帝
網重重，一毛孔中，萬億蓮花，一彈指頃，百千浩劫，
文字移人，至此而極。然則吾書中主人翁而華盛頓，
則讀者將化身為華盛頓，主人翁而拿破崙，則讀者將
化身為拿破崙，主人翁而釋迦、孔子，則讀者將化身
為釋迦、孔子，有斷然也。度世之不二法門，豈有過
此？」[39]梁啓超所談的是欣賞小說時的表同作用，其
實欣賞詩歌也類似，不同的是由於詩歌與小說掌握世
界方式的不同，欣賞小說的表同是讀者把自己比擬為
小說中的人物，而欣賞詩歌的表同則是讀者把自己比
擬為抒情主人翁。在詩歌鑑賞中，如果是一位審美心
理結構與詩作相適應的讀者，懷著虛靜的心態去細心
地體察作品，他就會被詩作所打動，不知不覺間沉浸
到詩的意境之中，把自己擺到抒情主人翁的位置上
去，隨抒情主人翁痛苦而痛苦，隨抒情主人翁歡樂而
歡樂，進而與作品獲得高度的諧和與共鳴，剎那之間，
不但忘記了自己所處的現實世界，甚至也忘卻了自
身，而與審美對象合為一體，那麼原來胸中鬱積的情
感也就在不知不覺間被疏導了。此外，這種表同作用
還會產生一種距離感。當讀者把自己比擬為抒情主人

翁，於是主觀便化作客觀，自我便化作他人，自己原
有的種種情感與詩歌中的意象黏附在一起，成爲觀照
的對象，這樣現實的我與進入表同狀態的我之間便自
然地拉開了一段距離，就像探險歸來的勇士談自己遭
遇的危難一樣，一切過去了的東西都改變了樣子，即
使是危難，我們似乎已不再感覺它對生命的直接威
脅，而側重於看它的詩情的一面。現在我們的種種痛
苦已轉化爲審美對象，於是就會覺得自己受過的痛苦
也是動人的了，進而原有的否定性情感也就轉化爲美
感。

以上談的是詩歌對讀者心理的調節作用，下面再
談談詩歌對讀者人性的美化作用。

詩歌不僅可以宣泄、袪除不利於身心健康的否定
性情緒，調節讀者的心理，而且能喚起讀者美好的人
性，使他們意識到人的價值和尊嚴，幫助他們塑造靈
魂、調整個性，使之從動物本能及種種異化狀態下解
放出來。

對於詩的塑造靈魂、美化人性的作用，人們早就
意識到了，不過評價卻一直有尖銳分歧。

早在古希臘時代，柏拉圖就對荷馬以下的希臘文
學遺產進行了全面的檢查，得出兩個結論，一個是文

藝給人的不是真理，一個是文藝對人發生傷風敗俗的影響。因此，他在《理想國》裡就向詩人下了逐客令。在中世紀，基督教神學家重複了柏拉圖對詩人的指控。聖・奧古斯丁在《懺悔錄》中譴責自己早年的美學觀是世俗的犯罪的，痛悔當初從荷馬等人的詩作中受到過人的熱情的迷惑。拉克坦齊則說：「詩人是危險的，因爲他們的甜言蜜語會誘使心靈距離善性。」中世紀對繆斯的誘惑有一個最著名的厲害的揭露，見於博埃齊（西元四八〇至五二四年）的著作；他號召哲學（這激動的心靈的真正安慰）譴責那些不貞不節的姑娘──繆斯，因爲她們給人吃的是「甜蜜的毒劑」而非良藥，她們用情欲的纏人而不結果的荊棘來戕害理智的開花結果的種子[40]。錢鍾書在《談藝錄》中也提到這一情況：「基督教摒棄一切世間法，詩歌乃綺語妄語，在深惡痛絕之列。故中世紀僧侶每儕羅馬大詩人於狗曲，偶欲檢維吉爾或賀拉斯之篇章，必搔耳作犬態示意。」[41]

　　柏拉圖爲了維護貴族統治的政教制度，中世紀的神學家爲了鞏固神權、維護基督教的教義，頑固地貶低詩、反對詩，這也恰恰從另一個方面印證了他們已看到並充分估計了詩對人性的滲透與影響。文藝復興運

動衝破了中世紀封建制度和教會神權統治的束縛，從此人意識到了自己的尊嚴，開始把個性自由、理性至上和人性的全面發展作爲自己的理想。十四世紀的義大利作家薄伽丘，「因爲有一些愚蠢的人在反對詩人」，故而熱情地爲詩人辯護：「無知的小人們所拋棄的詩，是一種熱情的而又精細的創作」。他尤其肯定了詩歌美化人性的作用，認爲詩可以「喚起懶人，激發蠢徒，約束莽漢，說服罪犯」[42]。從文藝復興時期以後，詩歌塑造靈魂、美化人性的觀念深入人心，被無數的作家、批評家所強調。別林斯基認爲閱讀普希金的作品「是培養人性的最好方法」[43]。法國歷史學家阿蘭・德科則說：「讀著雨果的書，人們發現自己在走向善良。」[44]

　　詩對人性的美化作用，突出地表現爲它可以開啓人的良知。良知在古代指天賦的道德觀念，現代一般人把它理解爲人類世代積澱下來的精神文明的成果。每個人都有得自遺傳的體現人的良知的基因，但在現實生活中受到世俗事務的紛擾和名韁利索的束縛，其良知不一定能充分地發展起來。羅曼・羅蘭講過：「我一直同時過著兩種生活：一種是遺傳的影響迫使我在空間的某一點和時間中的某一刻所度的人生；另一種

是沒有形態的生命，莫可名狀，四海為家，不受時間的限制，而是萬有的本質與氣息。」[45]羅曼・羅蘭認為他自己在大部分的活動與情感生活中是前者把後者遮掩了。後者作為潛伏的意識只能以突然迸發的方式，才能穿過日常生活的表面，像一口自流井內沸騰的水那樣冒上來。但也僅僅曇花一現，隨即消散，被張口欲吞的土地吸收了。但這潛伏的意識一旦衝決出來，就會給人以深刻的啟示，使之「充滿了滋養宇宙之心的、火一般的熱血」。羅曼・羅蘭所講的那後一種莫可名狀、超越時空的生命狀態，正體現了人的自由本質，也正是人的良知本源。從哲學上說，人本質是自由的，整個人類歷史就是人類掌握必然規律、占有對象世界、實現自由本質的過程，是從必然王國向自由王國前進的過程。人們不僅透過勞動實踐，也透過包括藝術欣賞在內的意識形態活動，以求實現自由的本質。但這不是一件容易的事，因為一般人多像羅曼・羅蘭一樣，也是過著兩種生活，不過超越時空的生命自由狀態往往被日常的世俗生活所掩蓋。有些人甚至完全陷身於世俗生活之中，始終不能領略後一種狀態，那麼他的一生就是渾渾噩噩，良知不能被發現，人性也就是不健全的。詩人與藝術家的責任就在於透

過他的創作，使走在時代前列的先覺者受到心理的安慰，增強前行的勇氣；便那些處於渾渾噩噩或半渾噩狀態的人受到心理的針砭，進而驚醒過來。當然這種作用不是靠耳提面命、直接說教而實現的，而是透過讀者在鑑賞中進入心靈的自由狀態而不知不覺地體現出來。詩美是人的本質力量的感性顯現，每首詩都是個別的，具有獨特的風姿、獨特的美，但它同時也是人生大宇宙的一個縮影，人們從中可以有無窮的發現、受到無窮的啟迪。如果說人們在日常生活中很難擺脫世俗的干擾，那麼詩歌鑑賞則爲讀者離開實用領域、進入心靈的自由境界提供了階梯。一位有心的讀者，他會借助這個階梯，進入一個虛擬的世界，使自我與對象交融在一起，在獲得巨大的審美愉快的同時，他發現了自己在現實世界中未能意識到的另一個世界，發現了另一個生命，另一個自我，體味到人的本質的自由感，進而使人的良知得以開啟，人的靈魂得以昇華。

　　在我國最古老的一部藝術理論專著《樂記》中有這樣一句話：「致樂以治心」，意思是說「樂」所特有的作用是「治心」，也就是影響人們的情感，喚起人們美好的人性。如今兩千多年過去了，人類早就進入了

高度發達的工業化社會階段，但藝術的「治心」功能
並沒有改變。西方有的美學家針對高度發達的、一體
化的工業社會對人性的摧殘，提出藝術在現代社會中
的作用就是「拯救絕望」，得到許多現代詩人和藝術家
的共鳴。美國作家桑塔雅納說：「在世界分解為碎塊之
時，藝術來到了……」法國當代詩人讓・貝羅爾在我
國講學時也說：「詩歌中貫穿著一根火線：中止絕望，
維繫生命。」他們的話高度概括了在現代社會中的詩
的「治心」效應。我們正處於一個大變革的時代。詩
是不能直接變革世界的，但是它卻能對參與變革世界
的人造成影響。它使人們在凝神觀照審美客體的同
時，也把探測的光柱投向自己的靈魂深處而捫心自
問：我的良知在哪裡？我生命的意義和價值如何？從
而激發自己擺脫動物性本能和種種異化狀態，充分釋
放自己的潛能，在改造自然、社會和人的偉業中實現
自我，做一個大寫的人。

註　釋

[1]參見〈荀子・解蔽〉,「人何以知道?曰:心。心何以知?曰:虛壹而靜……人生而有知,知而有志。志也者,臧也,然而有所謂虛。不以所已臧害所將受謂之虛。心生而有知,知而有異。異也者,同時兼知之。同時兼知之,兩也,然而有所謂一。不以夫一害此一謂之壹。心臥則夢,偷則自行,使之則謀。故心未嘗不動也,然而有所謂靜。不以夢劇亂知謂之靜。」

[2]柏拉圖,〈會飲篇〉,見《文藝對話集》,1963 年版,第 272頁。

[3]〈莊子・天道〉,見《莊子今注今釋》,中華書局,1983 年版,第 337 頁。

[4]克雷奇等,《心理學綱要》下冊,文化教育出版社,1981 年版,第 476-477 頁。

[5]洪亮吉,《北江詩話》卷二,人民文學出版社,1983 年版,第 44 頁。

[6]克萊夫・貝爾,《藝術》,中國文藝聯合出版公司,1984 年版,第 19 頁。

[7]同上,第 20 頁。

[8]叔本華,《作為意志和表象的世界》,商務印書館,1982 年版,第 249-250 頁。

[9]轉引自叔本華,《作為意志和表象的世界》,商務印書館,1982年版,第 253 頁。

[10]余秋雨，《戲劇理論史稿》，上海文藝出版社，1983年版，
　　第402頁。

[11]《歌德談話錄》，人民文學出版社，1980年版，第33頁。

[12]朱光潛，〈讀李白詩三首〉，見《藝術雜談》，安徽人民出版
　　社，1981年版，第242頁。

[13]阿赫瑪托娃，〈自我簡述〉，見《蘇聯作家自述》，中國文藝
　　聯合出版公司，1984年版，第552頁。

[14]張志民，〈詩緣〉，見楊匡漢、劉福春編，《我和詩》，花城
　　出版社，1983年版，第206頁。

[15]克雷奇等，《心理學綱要》下冊，文化教育出版社，1981
　　年版，第472-473頁。

[16]柏拉圖，《費德羅斯》二四五a，轉引自《關於美》，黑龍江
　　人民出版社，1983年版，第100頁。

[17]德西迪里厄斯・奧班恩，《藝術的含義》，學林出版社，1985
　　年版，第16頁。

[18]嚴羽，〈滄浪詩話・詩辨〉，見《滄浪詩話校釋》，人民文學
　　出版社，1983年版，第12頁。

[19]胡應麟，《詩藪》內篇卷二，上海古籍出版社，1979年版，
　　第25頁。

[20]梁宗岱，〈論詩〉，見《詩與真・詩與真二集》，外國文學出
　　版社，1984年版，第105頁。

[21]錢鍾書，《談藝錄》二八，中華書局，1984年版，第98-99
　　頁。

[22]魯道夫・阿恩海姆，《藝術與視知覺》，中國社會科學出版
　　社，1984年版，第628頁。

[23]列寧，《哲學筆記》，人民出版社，第 90 頁。

[24]耶胡迪・梅紐因編，《我最愛讀的音樂故事・引言》，上海文藝出版社，1985 年 11 月版，第 2 頁。

[25]今道友信，《關於美》，黑龍江人民出版社，1983 年版，第 101 頁。

[26]魯迅，《集外集・文藝與政治的歧途》，見《魯迅全集》第七卷，人民文學出版社，1981 年版，第 118 頁。

[27]羅曼・羅蘭，〈内心的歷程〉，見《羅曼・羅蘭文鈔》，上海譯文出版社，1985 年版，第 164 頁。

[28]蘇珊・朗格，《藝術問題》，中國社會科學出版社，1983 年版，第 21 頁。

[29]今道友信，《關於美》，黑龍江人民出版社，1983 年版，第 101 頁。

[30]「李爾王」第三幕，見《莎士比亞全集》，人民文學出版社，1978 年版，第 224 頁。

[31]參見 E. G. 波林，《實驗心理學史》，商務印書館，1981 年版，第 817 頁。

[32]這句譯文據朱光潛《西方美學史》上卷第 87 頁。「淨化」原文作 katharsis，作宗教術語，意思是「淨洗」，作醫學術語，意思是「宣泄」或「求平衡」。參見《詩學・詩藝》，人民文學出版社，1962 年版，第 19 頁，羅念生注釋 12。

[33]朱光潛，《西方美學史》上卷，人民文學出版社，1979 年版，第 88 頁。

[34]參見維拉・勃蘭特，〈文學與疾病——比較文學研究的一個方面〉，見《文藝研究》，1986 年第 1 期，第 125-126 頁。

[35]「第十二夜」第二幕，見《莎士比亞全集》4，人民文學出版社，1978 年版，第 37 頁。

[36]〈管子·內業〉，見《中國哲學史資料選輯·先秦之部》，中華書局，1984 年版，第 889 頁。

[37]《詩品注》，人民文學出版社，1962 年版，第 3 頁。

[38]別林斯基，《萊蒙托夫詩集》，見《別林斯基選集》第二卷，上海譯文出版社，1979 年版，第 503 頁。

[39]梁啟超，〈小說與群治之關係〉，見《中國近代文論選》上冊，人民文學出版社，1981 年版，第 160、161 頁。

[40]參見吉爾伯特·庫恩，〈中世紀的美學〉，見《美學譯文》1，中國社會科學出版社，1980 年版，第 173 頁。

[41]錢鍾書，《談藝錄》八八，中華書局，1984 年版，第 273 頁。

[42]薄伽丘，〈異教諸神譜系〉，見《西方文論選》上卷，上海譯文出版社，1979 年版，第 177 頁。

[43]《別林斯基論文學》，新文藝出版社，1958 年版，第 59 頁。

[44]〈法國紀念雨果四題問答〉，見《外國文學動態》，1985 年第 5 期，第 31 頁。

[45]羅曼·羅蘭，〈內心的歷程〉，見《羅曼·羅蘭文鈔》，上海譯文出版社，1985 年版，第 154-155 頁。

參考書目

1.劉勰，《文心雕龍》。

2.司空圖，《詩品》。

3.嚴羽，《滄浪詩話》。

4.薛雪，《一瓢詩話》。

5.袁枚，《隨園詩話》。

6.高覺敷主編，《西方近代心理學史》，人民教育出版社，1982 年。

7.金開誠，《文藝心理學論稿》，北京大學出版社，1982年。

8.朱光潛，《悲劇心理學》，人民文學出版社，1983 年。

9.滕守堯，《審美心理描述》，中國社會科學出版社，1985 年。

10.彭立勛，《美感心理研究》，湖南人民出版社，1985

年。

11.吳思敬,《寫作心理能力的培養》,北京出版社,1985
　　年。

12.吳思敬,《詩歌基本原理》,工人出版社,1987年。

13.費爾迪南‧德‧索緒爾〔瑞士〕,《普通語言學教
　　程》,商務印書館,1980年。

14.A.科瓦廖夫〔蘇〕,《文學創作心理學》,福建人民
　　出版社,1983年。

15.J．P．查普林、T．S．克拉威克〔美〕,《心理學
　　的體系和理論》,商務印書館,1983年。

16.R．M.利伯特等〔美〕,《發展心理學》,人民教育
　　出版社,1983年。

17.T．L.貝納特〔美〕,《感覺世界》,科學出版社,1983
　　年。

18.K．W.沃爾什〔澳〕,《神經心理學》,科學出版社,
　　1984年。

19.C.M.布魯墨〔美〕,《視學原理》,北京大學出版社,
　　1987年。

20.C．S.霍爾、W．J.諾德拜〔美〕,《榮格心理學綱
　　要》,黃河文藝出版社,1987年。

21.A．H.馬斯洛〔美〕,《存在心理學探索》,雲南人

民出版社，1987 年。

22. A. H. 馬斯洛〔美〕，《人性能量的境界》，雲南人
民出版社，1987 年。

23. K. T. 托斯曼〔美〕，《情緒心理學》，遼寧人民出
版社，1986 年。

24. 今道友信〔日〕，《關於美》，黑龍江人民出版社，
1983 年。

文化手邊冊　69

詩歌鑑賞心理

作　　　者╱吳思敬
出 版 者╱揚智文化事業股份有限公司
發 行 人╱葉忠賢
總 編 輯╱林新倫
執行編輯╱鍾宜君
登 記 證╱局版北市業字第 1117 號
地　　　址╱台北市新生南路三段 88 號 5 樓之 6
電　　　話╱(02)2366-0309
傳　　　真╱(02)2366-0310
網　　　址╱http://www.ycrc.com.tw
　E-mail　╱service@ycrc.com.tw
郵撥帳號╱19735365　葉忠賢
　ISBN　╱957-818-739-4
印　　　刷╱偉勵彩色印刷股份有限公司
法律顧問╱北辰著作權事務所　蕭雄淋律師
初版一刷╱2005 年 6 月
定　　　價╱新台幣 200 元

國家圖書館出版品預行編目資料

詩歌鑑賞心理 ＝ The psychology of
appreciation of poetry／吳思敬著. - -初
版. - -臺北市：揚智文化，2005〔民 94〕
　　面：　公分. - -（文化手邊冊；69）
參考書目：面
ISBN　957-818-739-4（平裝）

1. 文藝心理學 2. 詩 - 鑑賞

810.14　　　　　　　　　94007364